LE PALAIS MAWAL

DOMINIQUE EDDÉ

LE PALAIS MAWAL

roman

ALBIN MICHEL

Collection littéraire dirigée par Martine Saada

I

À l'arrière du vieux palais Mawal, un courant d'air agite la porte du petit salon qui promène son ombre sur un carrelage blanc et noir. Posée sur une table basse, une lampe en laiton des années trente éclaire les genoux de Léonora. Il fait encore jour, mais pour elle déjà nuit. Elle souffre d'une macula qui dégénère lentement. Quand elle est entrée dans cette pièce pour la première fois, il y a cinquante ans, elle s'était écriée « *Mi sembra l'Italia !* », Salim avait posé un baiser sur son front en murmurant « *El beyt beytek* », cette maison est la tienne.

Lorsqu'elle raconte le jour de sa rencontre dans un café, parmi des amis, avec celui qui deviendra son mari, elle dit : « Salim mettait de la gravité dans la légèreté générale, et de l'humour dans tout. Il m'avait dit en partant : “J'aime savoir que vous existez.” J'avais feint de ne pas l'entendre, il n'avait pas osé se répéter. » Salim a une autre version : « Léonora était entrée dans notre conversation comme un chef d'orchestre dans une salle de répétition. Elle dépensait une énergie folle pour écouter chacun de nous, pour nous mettre d'accord. Elle apprenait l'arabe en le parlant. Ce que j'ai aimé en elle dès la première fois ? Sa manière de tirer de chacun de nous le meilleur. » Elle avait trente ans, Salim trois de plus. Ils avaient l'âge dont on rêve adolescent, celui dont on se souvient quand la vie touche à sa fin.

Le jardin entre dans la pièce où elle se trouve par deux hautes fenêtres qui encadrent, à gauche, un jasmin sur fond de cyprès, à droite, le rouge vif d'un bougainvillier. Léonora glisse son index dans le dos à moitié recollé d'une vieille enveloppe et l'ouvre d'un coup sec. L'écriture court sur le papier. C'est une petite mer d'encre aux vagues régulières.

À l'aide d'une loupe, elle s'applique à dompter son impatience.

« Je voudrais que tu arrives ici sans passé, sans papiers, que ton histoire et mon histoire commencent au moment même où commence notre histoire. » La lettre est datée du 10 juillet 1974. Signée, ton Salim. Quarante-huit ans… Est-ce possible ? Une voix l'appelle :

– Madame ! Madame Léonora, c'est votre fils au téléphone.

– Dites-lui que je rappellerai.

C'était donc bien avant sa naissance… Riad a quarante-cinq ans aujourd'hui…

Nous n'étions pas encore mariés…, pense-t-elle. À quel âge ai-je renoncé à ma vie de religieuse ? Elle avait quitté Rome pour le Liban en 1970, à l'âge de vingt-quatre ans. Sa vie au couvent des sœurs franciscaines de Marie, à Beyrouth, n'avait duré que deux ans. Deux ans durant lesquels elle avait tenté de surmonter la distance qui la séparait des autres religieuses. Bien logée et bien nourrie, elle aimait cette bâtisse jaune pâle aux volets verts avec sa grande cour intérieure carrée plantée de pins et de frangipaniers. Mais elle n'y était pas heureuse. Leur Dieu n'était pas le sien. Le zèle qu'elles déployaient pour demander pardon au leur l'irritait au plus haut point. Elle cultivait secrètement son adoration pour un autre. Elle avait un homme au ciel. Le Christ. Elle lui tenait lieu de servante, lui baisait les pieds, le vénérait. Jusqu'au jour où elle reçut un télégramme lui apprenant le décès de son frère, Pietro. Alors qu'elle avait trouvé la foi lors de la mort de son frère aîné, Antonio, sa foi l'abandonna quand la mort frappa une deuxième fois. Elle perdit le ciel comme elle l'avait trouvé : avec la même fulgurance, la même évidence. Un matin d'avril 1973, elle quitta les sœurs et sa chambre de la rue du Musée, avec pour tout bagage la petite valise bleue que lui avait offerte son père la veille de son départ pour le Liban. Elle s'installa dans un studio du côté du phare et donna des cours d'italien à des enfants de riches. Quelques mois plus tard, elle rencontra Salim Mawal dans un café du bord de mer, le Ghalayini. Cet endroit était connu pour son charme, sans joliesse, ses tables espacées et ses clients fantasques : des gens de toutes classes, nationalités, confessions s'y rencontraient avec la même illusion passionnée d'être le centre du monde et d'écrire des pages d'histoire du seul fait qu'ils en discutaient.

Léonora poursuit la lecture de sa lettre :

Au début du « Paradis », il y a deux vers, que je cite approximativement et où Dante dit : « Ainsi les choses se dirigent-elles vers différents ports sur la grande mer de l'Être. » Je voudrais être pour toi ce port, ce point d'ancrage, ce recours contre toutes les tempêtes. Je voudrais que le seul fait de me savoir là, t'attendant, battu mais jamais ébranlé par les vagues, t'empêche à jamais d'écrire de nouveau des pages comme celles qu'hier tu m'as remises. Les promesses que tu te fais à toi-même, je voudrais être le garant qu'elles ne sont ni songes ni mensonges. Pour Dante le fond du fond de l'Enfer, la résidence même de Satan, est gelé. Le gel au centre d'un feu, c'est ce qu'expriment les lignes que tu m'as montrées. J'aime en toi ce qui résiste au vertige. Et si tu aimes quelque chose en moi, c'est ce qui t'aide à le vaincre. Nous le vaincrons. Tu n'es coupable de rien, sinon d'être la vie en personne.

Elle s'entend répéter oh mon Dieu. Deux coussins, calés dans son dos, amortissent le dossier gondolé de son fauteuil en osier. Ce qu'elle ressent n'a pas de nom. C'est comme si la musique était dans l'air, muette, sans un son. Elle écoute le silence comme elle écoutait, dans cette même pièce, la *Passion selon saint Matthieu* avec Salim, du temps où ils pouvaient faire une demi-natte avec leurs jambes. Elle s'asseyait sur ses cuisses, glissait les chevilles, les mollets, dans les siens, puis elle étirait les pieds de toutes ses forces pour que leurs orteils parviennent à se rejoindre. Bras dans les bras, ils se caressaient des pieds à tour de rôle. Et quand la voix de Fischer-Dieskau les emportait plus loin que leurs corps ne pouvaient, ils s'immobilisaient et, les mains serrées à se faire mal, ils souffraient de trac et de bonheur au malheur de Jésus, à la beauté de Bach. Que lui avais-je écrit de si sombre à l'époque ? Elle jette un œil sur la fin de la lettre. « Quoi qu'il arrive, sache-moi *présent.* » Présent… Quel mot compact pour un temps qui s'en va. Elle le coupe en deux. Près…sent… Puis en italien, pour l'adoucir : *presente.* Salim était présent hier soir. Il était là, en face d'elle. Le canapé porte encore la trace de son passage.

Elle le revoit un peu courbé, le visage tourné vers la fenêtre, soucieux de savoir si elle dormait mieux ces derniers temps. « Et Venise ? » lui avait-il dit. C'est ainsi que se nomme la jeune Française qui s'est proposé, il y a six mois, de faire la lecture à sa femme.

En échange de quoi, elle dispose au palais d'une jolie chambre et du temps dont elle a besoin pour suivre ses cours d'arabe à l'université Saint-Joseph. « Est-ce que sa présence te fait du bien ? » « Oui, oui », avait-elle répondu machinalement. Le coude sur le rebord du canapé, il avait fixé son verre de whisky en triant les mauvaises nouvelles du jour. Puis il avait scruté le regard arrêté de Léonore afin d'en sonder la part de concentration, la part de cécité. L'ayant senti, elle avait aussitôt fait semblant de lire à distance le titre du journal que Venise lui avait lu une heure plus tôt. Il s'agissait d'un naufrage de migrants qui avait causé la veille une dizaine de morts. Ayant pris soin un instant plus tôt de ne rien en dire, Salim s'était emporté : « Tu n'ouvres pas assez les fenêtres, Léonore, ça sent l'humidité ! » Elle aimait bien quand il haussait la voix. C'était le moment où il ressemblait le mieux à celui qu'elle avait aimé avant d'en aimer un autre. Avait-elle vraiment aimé Yaman davantage que Salim ? Avait-elle jamais cessé d'aimer Salim ? Elle a peur de la loupe qui l'attend sur la table roulante. Il suffira de la rapprocher du papier pour que sa vie se remette en marche. Un billet est tombé par terre. Elle le ramasse, le place sous l'ovale en verre et sursaute : « Que crains-tu de moi ? Ou de toi ? Je serai – c'est promis – ce que tu veux que je sois. Je ne me résigne pas à n'être rien. » Et cette phrase au milieu de la lettre : « Pardonne-moi Léonore ce cri dont ces lignes ne sont que l'écho refroidi. » Ce mot a donc été écrit après sa rencontre avec Yaman. Elle est comme Salim la décrivait : en proie à une clarté froide. Mais sa froideur est maintenant envahie par la chaleur de ce qu'elle vient de lire, par l'envie d'aimer. Une envie aussi simple que celle de calmer un enfant qui souffre. Pourquoi la place de Yaman en serait-elle affectée ? Ces deux hommes sont aussi distincts dans sa mémoire que le palmier et le grenadier du jardin. Pourquoi l'amour de l'un ferait-il de l'ombre à l'amour de l'autre ?

Elle cherche son téléphone à tâtons, s'apprête à appeler Salim, renonce. L'homme qu'elle trouvera au bout du fil ne comprendra pas. Elle doit faire le chemin sans lui. Remettre sur pied le paysage qui ne fut que le leur. L'aimer comme la veille au soir dans son rêve. Elle s'était réveillée incrédule et éblouie d'avoir revécu dans son sommeil un baiser d'il y a très longtemps. Jamais les lèvres de Salim ne lui avaient semblé aussi douces. Ce baiser n'était pas le recommencement du même en rêve, c'était le même commencement suivi des torrents de la vie qu'à l'époque ils ne pouvaient connaître. Leurs bouches avaient remué tout leur passé. Elles s'étaient bues en le buvant.

Son vertige s'est apaisé, elle va pouvoir regagner sa chambre et appeler son fils qu'elle avait oublié. Les autres lettres attendront.

Du temps où elle était jeune, on disait de Léonore qu'elle était théâtrale. Sa beauté commençait par ses yeux. Ils brillaient. Ils buvaient la vie de partout, dedans, dehors. Leur vert un peu grisé assurait à merveille cet incessant va-et-vient. Tantôt le vert entrait dans l'ombre, se renforçait, tantôt il perdait sa couleur en prenant la lumière. Elle avait un aimant dans le regard. Tout son être en découlait. Même son sourire lui montait aux yeux avant de lui monter à la bouche. Ses lèvres et ses joues pleines contrastaient avec la minceur de son corps. Ramassés par des peignes, ses cheveux blonds flottaient autour de son large visage. Ils avaient la couleur d'un miel de montagne. Quand ses cheveux ont blanchi, quand sa peau s'est plissée, quand le temps l'a épaissie, Léonora a renoncé à ses gestes spectaculaires. Ses yeux ont perdu de leur présence. Ils sont restés beaux, mais ont pâli comme une feuille dans un herbier. À la vue de son visage dans un miroir, elle se demande parfois s'il est encore à ses ordres, si ce regard qui la regarde est bien le sien. Elle s'est vue vieillir d'un coup. Creusées en une nuit, ses rides ont sonné la fin de sa confusion. Il n'y avait plus de malentendu possible entre le fond et la forme de sa vie. Elle était bien vieille. Et le désir ? avait-elle pensé. Se peut-il que le désir soit à la merci de la montre ?

II

– Dans quel monde vis-tu, maman ? Riad au bout du fil est excédé. J'ai appris que tu avais donné mille dollars à une association en charge des réfugiés. As-tu perdu la tête ? Les réfugiés ont envahi le pays, il n'y a plus de Liban, plus de chrétiens, ils font tous leurs valises, et tu donnes nos derniers sous à des musulmans ! Pire : à des étrangers !

Elle hésite à répondre. Il attend.

– Écoute, Riad, finit-elle par dire avec un calme artificiel, j'ai essayé par tous les moyens de te faire comprendre que le malheur n'est le monopole de personne, que la souffrance n'est pas divisible. Tu n'as rien voulu entendre. C'est ton droit. Mais je n'ai pas de leçons à recevoir de toi.

– Et l'argent, tu le reçois de qui ? Qu'est-ce qu'il lui reste à ton mari ? Trois fois rien. Il est ruiné. Sais-tu ce que cela veut dire ? Cela veut dire que les gens qui travaillent à la maison seront bientôt à mes frais, alors que j'ai à peine de quoi boucler le mois depuis que les banques nous ont baisés.

À ces mots, Léonora a posé le téléphone sur ses genoux, sans couper la ligne. Elle subit les allô, allô, de son fils.

– Tu es toujours là ? Je ne veux pas te blesser, il faut que tu me comprennes.

– Je te comprends, répond-elle de loin. Ne t'inquiète pas, ajoute-t-elle en articulant chaque mot, nous avons encore de quoi tenir ton père et moi. Nous avons de quoi.

Une fenêtre a claqué.

– Puisque c'est comme ça… Il y a combien de temps qu'on ne s'est vus ? Trois mois ?

– Cinq, dit-il en ricanant, j'avais justement l'intention de passer te voir demain.

Elle se penche vers son téléphone et elle conclut, comme on souffle une bougie :

– À demain, mon fils, je t'embrasse.

Là-bas, dans les arbres, la lumière fond. Le soleil est partout et partout invisible. Quel cadeau, pense-t-elle en ouvrant la porte qui donne sur le jardin. Les mains croisées dans le dos, elle se laisse absorber par un vitrail de rouges et de jaune pâle découpé par les branches. Le même en vrai que celui des fenêtres. Un peu de bleu circule encore parmi les feuilles. Près de la fontaine, deux roses ouvertes imitent la scène en miniature. On dirait qu'un morceau de ciel s'est posé sur leurs tiges. Léonore voit assez pour distinguer un nuage qui va lentement à sa perte. Son amour pour son fils est une passion déçue dont elle ne se pardonne ni la passion ni la déception. Comment l'aimer autrement ? Comment apaiser l'homme nerveux qu'il est devenu ? La lumière est à la frontière du sublime depuis qu'une traînée d'or s'est infiltrée dans les rouges et les mauves. Elle songe à la troublante absence de Dieu au milieu de tant de beauté. Quand a-t-elle perdu la foi ? Elle ne sait plus.

Démi et Sari, le couple de Philippins qui vit à l'étage du haut, assistent à la scène depuis la fenêtre de leur chambre à coucher. Ils se sont réfugiés au palais Mawal lorsque la maison où ils travaillaient a volé en éclats. Les propriétaires ayant fui le pays, Léonore leur a proposé de s'installer chez elle en échange de quelques services et d'un modeste salaire. Il n'y a plus que des étrangers dans cette vieille maison qui fut un temps le lieu de rendez-vous de la société beyrouthine. Vu du premier étage, le soleil croule sous un océan de feu agité de nuages. Démi fait remarquer à Sari qu'un oiseau chante sans obtenir de réponse.

– Je n'arrive pas à savoir si cette maison est belle ou si elle est sinistre, dit-il en épluchant une pomme.

– Je crois qu'elle est belle mais tu as raison, il y a quelque chose qui ne va pas.

Il a ricané.

– Quelque chose ! Tu rigoles ! Même les rosiers n'ont pas l'air vrais. On dirait qu'ils sont en marbre, comme le sol.

– Des fois je te comprends, des fois je te comprends pas, répond sa femme, le nez collé à la vitre.

Le nuage s'est répandu en fumée sur une partie du soleil.

– Ouvre la fenêtre, Démi ! Arrête d'avoir peur de tout ! Qu'est-ce que tu crois ? Qu'ils vont faire sauter la ville tous les premiers mardis du mois ! Le soleil est parti.

– Voilà, la journée est finie, murmure-t-elle comme une enfant qui aurait fait son devoir.

« Elle est simple, Démi, disait hier soir Salim à sa femme, tandis que Sari, lui, est malin comme un singe. » Léonore regarde sa montre. Il est 18 h 10, l'heure, à deux minutes près, de l'explosion du port. Les chiffres parfois…, se dit-elle en regagnant le salon. Le quartier est dans le noir. Il n'y a pas d'électricité. Les générateurs qui entretiennent la lumière dans certains endroits font un bruit continu d'accélérateur à l'arrêt.

Salim a assisté au spectacle d'un tout autre point de vue : sur fond de mer. Le balcon de sa chambre d'hôtel domine la corniche. Il a vu la lumière toute nue. Sans décor. D'abord un gris tout bleu et, juste en dessous, tombé d'un étui de nuages, un demi-soleil rouge en route vers sa disparition. Sur le point d'allumer la télévision, il s'est souvenu avoir eu du plaisir à rencontrer quelqu'un récemment. Qui était-ce ? Où était-ce ? Dans la rue en rentrant chez lui ? Dans le hall de l'hôtel ? Non, c'était ici, dans le roman, sur la table, à l'endroit du marque-page. Comme Léonore tout à l'heure, mais sans loupe et sans angoisse, avec l'imperceptible soulagement de découvrir un peu de lui dans quelqu'un d'autre et un peu de quelqu'un d'autre en lui, il a retrouvé son homme dans une ville où il n'est jamais allé : Buenos Aires. Il s'est envolé pour l'Argentine grâce à la piste de décollage que sont les mots imprimés pour peu qu'on les lise. Dehors, le ciel était une hémorragie de roses.

Venise a frappé à la porte.

– Oui, oui, a dit Léonora d'une voix vive. Installez-vous, prenons un verre, mangeons quelque chose. Avez-vous vu la lumière ?

– Oh oui ! a répondu la jeune Française avec déjà une forte pointe d'accent libanais : son « oui » a duré tout le temps de refermer la porte sans faire de bruit. Cette lenteur libanaise dans les voix qui varie selon les gens entre charme et mièvrerie n'est pas qu'une affaire de rythme oriental, c'est aussi une façon de tenir le coup, d'amortir le choc de tout ce qui, autour de soi, se démolit à toute allure. Plus le Liban s'effondre, plus les mots s'éternisent. La voix devient un pays ambulant. Les phrases chantent, traînent, se répètent. Elles miment le temps de la douceur qui n'est plus. Un *yiiy*, un *yaay*, peut durer ce que dure un éclat de rire.

La beauté de Venise tient moins à ses traits qu'à son aisance. Elle est reliée de la tête aux pieds, comme une flamme. Cheveux et yeux châtain foncé, elle passe souvent au Liban pour une fille du pays. Des chevilles aux poignets, au cou, à la pointe de son nez, tout en elle procède du même élan. Dedans, dehors, elle est accordée par un effort invisible.

– Ce soir nous n'allons pas lire, a dit Léonora. Vous allez me parler de vous.

Venise a ri d'un rire d'abord amusé, puis gêné, entrecoupé de « ah non, pas de moi », avant de se rendre :

– Que voulez-vous savoir, Léonore ?

– Pourquoi vos parents vous ont-ils appelée Venise ?

– Oh c'est tout simple, a répondu la jeune femme en prenant le coussin du canapé dans ses bras, ils m'ont fabriquée là-bas, après avoir très longtemps rêvé d'y aller.

– Vous êtes fille unique ?

– Oui. Mon père est chauffeur de taxi, ma mère, professeure de solfège.

– Dites-moi ce qui vous a amenée à Beyrouth.

– Une histoire de… une relation qui n'a pas duré.

– Avec un Libanais ?

– Oui, a encore dit Venise en se levant pour remplir le verre de Léonora et marquer poliment le désir de changer de sujet. Puis-je vous poser une question à mon tour ?

Léonore a haussé les sourcils en signe d'étonnement. Venise a rougi.

– Excusez-moi, je ne devrais pas, je n'aurais pas dû…

– Allez-y, a tranché Léonore, posez votre question. Je vais vous répondre, a repris gentiment la vieille Italienne, recroquevillée dans son fauteuil en osier, un verre de vin tenu à deux mains. Vous voulez savoir pourquoi nous ne vivons plus sous le même toit, Salim et moi. C'est lui qui a décidé de s'installer à l'hôtel. C'était il y a une dizaine d'années. Nous prenions le petit déjeuner au jardin. Il m'a simplement dit : « Je ne te quitterai jamais, Léonore, mais je vais quitter la maison. »

Venise, troublée, attendait la suite de cette histoire qui, pour l'instant, n'avait aucun sens. Léonore semblait perplexe elle aussi. Ce qu'elle avait dit ne lui disait plus rien. Elle s'est brusquement levée et s'est mise à rire sous les yeux ahuris de Venise. Elle tournait dans tous les sens comme on cherche quelqu'un les yeux bandés. Puis, figée, elle a porté à son visage la muraille de ses jolies mains, paume contre paume, si bien que Venise en voyait chaque moitié séparément. « L'œil gauche est triste, le droit est vivant, a-t-elle pensé, on dirait deux personnes. » Dans l'attente d'une révélation qu'elle avait sur le bout de la langue, Léonore frappait le bout de son nez. Elle avait l'air d'une petite fille piégée par un professeur bienveillant. Et comme pour ne pas abuser de sa patience, elle s'est précipitée et elle a déclaré :

« Je suis folle. » Durant le silence qui a suivi, elle a vu que Venise n'osait plus la regarder.

– Vous me voyez calme, vous pensez que je suis celle que vous voyez, mais vous ne m'avez jamais vue me battre !

– Vous battre ? Contre qui ?

– Si seulement je savais !

Léonore riait, s'arrêtait, reprenait, à moitié gaie, à moitié gênée.

– Ça me prend comme ça, comme une quinte de toux, je suis brusquement en guerre.

Venise tentait de comprendre :

– En guerre, sans raison ? sans ennemi ?

– Et le pire, a repris Léonore, le pire c'est que j'ai horreur de la guerre.

La jeune femme n'arrivait plus à rire, elle était perdue.

– Mais il me semble, Léonore, qu'avec l'âge vous avez trouvé une certaine paix.

– *Mamma mia !* Vous arrive-t-il, Venise, de vous réveiller en vous disant : Qui sait auquel de mes moi je vais avoir affaire aujourd'hui ?

– Euh… non, a balbutié Venise après avoir fait semblant de réfléchir.

– Eh bien, voilà, je ne sais pas ce que je vais trouver à mon réveil. Alors comment voulez-vous ? Salim savait avant moi.

– Comment ça ? a demandé Venise, de plus en plus interloquée.

– Il savait qui j'étais, à mon regard, à ma voix. Il parlait tantôt à l'une, tantôt à l'autre. Mettez-vous à sa place, c'était épuisant à la longue. Il gérait un harem ! Ah c'est bien, vous souriez, vous commencez à comprendre.

Venise pensait : « Dire que la moitié des gens ne mangent pas à leur faim dans ce pays… et que nous ici… » Léonore poursuivait :

– Oui, oui, c'est comme ça, je n'ai jamais compris qu'il faille vivre avec la même personne – le même moi – du premier au dernier jour de la vie. Je suis épuisée de ces retrouvailles quotidiennes.

Elle ne riait plus. Venise a dit :

– Vous imaginez, s'il fallait s'habituer à quelqu'un d'autre chaque matin ?

– Bien sûr que j'imagine ! Découvrir quelqu'un de nouveau ! Une autre histoire, une autre langue ! Au moins une fois par mois.

– Vous n'êtes pas logique, Léonore.

Reprise par son rire, Léonore se balançait au même rythme que l'aiguille de l'horloge derrière elle. C'était joli à voir.

– Logique, moi ? Comment voulez-vous… ? Elle riait, elle n'arrivait pas à faire sa phrase. Comment voulez-vous… ?

Venise aussi riait. Elles avaient l'air de deux gamines cachées dans une armoire.

– Je suis invivable pour moi-même, Venise, invivable !

Comment voulez-vous que je ne le sois pas pour les autres ?

La nuit noire du jardin transformait les deux fenêtres en miroir de la pièce allumée. Un cinéaste aurait choisi de placer la caméra dans l'encadrement de la porte pour tout avoir : la pièce du sol au plafond et la scène des deux femmes en double. Au bout d'un moment, Léonore a ajouté :

– Avez-vous remarqué que depuis le 4 août nous ne savons plus parler ? Nous parlons trop fort ou trop bas, ou alors trop lentement, je ne sais pas, trop vite peut-être. Comme quand on marche dans de la boue. Comme… comme si nous devions nous sortir d'affaire à chaque phrase. Encore hier, en allant acheter du fromage chez l'épicier… il me disait du même ton que la veille « Où va le pays ? » et moi je lui répétais machinalement « Ce n'est pas croyable, pas croyable »…

Venise s'interrogeait, tandis que Léonore pensait à Salim qui lisait peut-être à cette heure-ci.

– Au moins il a de l'électricité, il y a un générateur à l'hôtel, a-t-elle murmuré.

– J'ai tellement le sentiment que vous vous aimez, a dit Venise.

Léonora a répliqué en dépliant les jambes pour se mettre debout :

– L'amour n'empêche pas ce qui empêche l'amour.

III

Au matin, Léonore pose la main sur la grande enveloppe qui contient toutes les lettres. Salim, mon Salim, se dit-elle, tu me donnes la force d'être à deux pas de la mort et d'aimer encore. Est-ce possible ? Elle ignore s'il a une autre femme dans sa vie. Plusieurs ? Personne ? Elle ne sait pas. Elle n'a jamais voulu savoir, Léonore. Elle a toujours voulu deviner. Sentir. Ne pas poser de questions. Surtout pas. Si cet homme revêtait soudain à ses yeux les traits d'un autre ? Non. Pas d'un autre. Ses traits à lui, bien à lui, mais, comment dire ? sortis du visage où sa mémoire les a figés. Est-ce le Salim du passé ou est-ce celui d'hier soir, que sa pensée caresse maintenant comme ses doigts caressent le papier ? Elle l'écoute, elle le fait répéter, une fois, deux fois, trois fois : « Tu n'ouvres pas assez les fenêtres, Léonore ! ça sent l'humidité. » Oh, Salim, est-ce possible que je t'aime à nouveau ? Elle prend sa loupe, ouvre une lettre et la déplie, inquiète : « Ta voix, Léonore, va toujours plus loin que mon oreille. Elle m'atteint au centre – là où nous frappent les poèmes, les musiques et les révélations. J'avais envie de l'entendre ce matin et, quand je l'ai entendue, c'était comme si tu étais là tout entière, comme si, penché sur toi, à l'écoute de ton sang, des murmures de ton corps, j'y surprenais des secrets dont notre conversation ne disait rien. »

Elle cherche la date. Il n'y en a pas. C'était avant leur mariage. À l'époque où elle hésitait encore. Vite autre chose. Elle pioche d'une main de voleuse dans l'enveloppe. Elle est mortifiée d'avoir tant reçu d'un cœur si distrait. Un papier plié en quatre retient ses doigts impatients : « Vouloir la vérité, je te l'ai dit, c'est accepter qu'elle vous déchire. Voilà pourquoi je ne veux de toi nulle pitié. J'ai eu le sentiment, hier et ce matin, que tu me parlais comme à un malade dont on veut ménager les émotions. Malade je le suis, mais il n'y a pas d'apaisement que je préfère à la clarté du jour. »

Salim venait d'apprendre pour Yaman... Yaman, mon Yaman, qui saura jamais le secret de notre histoire ? Où ai-je trouvé le courage de dire à Salim que je t'aimais ? Le lui ai-je dit ou l'a-t-il su autrement ? Elle est possédée par le trac qu'elle n'a pas eu sur le moment. S'il savait. Oh, Salim, si tu savais comme je voudrais... comme je voudrais... mais quoi ? Ramener la vague que je n'ai pas su voir, pas su prendre ? Accoucher de notre enfant une seconde fois pour la première fois ? Non, non, vous aimer tous les deux sans moi, hors de moi. M'oublier. Oublier mon corps, ma jeunesse, ma vieillesse, tout ce qui a trait à mes traits et t'offrir le fruit d'un nouvel amour. Et toi, Yaman, mon amour, quel âge aurais-tu si tu étais encore en vie ? Aurions-nous su vieillir ensemble ?

– *Are you ok, Mam ?*

La jeune Démi vient d'entrer dans la chambre. Léonore ne voit rien, elle a le visage couvert de ses mains qui tiennent une feuille de papier à lettres. Elle est trop bouleversée pour avoir honte.

– Ah Démi… un verre d'eau, s'il vous plaît. Dites à Venise d'oublier l'heure de la lecture. J'ai besoin d'être seule. Avez-vous besoin de quelque chose ?

– C'est à vous que je pose la question. Vous n'êtes pas bien, Madame.

– Appelez-moi Léonore.

– Vous n'êtes pas bien, Léonore.

– Oh si, Démi, je vais mieux que bien. Mais vous me voyez pleurer, vous ne pouvez pas comprendre.

– Vous pleurez de joie ?

– Pas de joie, non, non, d'autre chose…

– De quoi ? souffle la jeune femme, interdite, après avoir déposé une enveloppe arrivée par la poste. Ce n'est pas une facture, précise-t-elle, c'est une vraie lettre.

– Une vraie lettre ? Qu'est-ce qu'une vraie lettre ?

– Regardez, elle est écrite à la main et les timbres sont jolis. Voulez-vous que j'ouvre la fenêtre ? Il fait très beau. N'oubliez pas que votre fils Riad vient vous voir aujourd'hui.

– Je pleure de reconnaissance, murmure Léonore, sans être entendue.

L'enveloppe a été postée à Istanbul. Au dos, le nom d'une femme. Semine Aksaray. Léonore s'impatiente. Qui est-ce ? Je connais ce nom. Je le connais.

Chère Léonora, c'est l'âge qui m'amène à vous écrire. Plus de quatre-vingts ans. J'ai trop souvent pensé à vous pour disparaître avant de vous l'avoir dit. Le passé ne fait pas que revenir quand l'avenir s'en va. Il change, il se transforme. Le mien est si fort, en cet instant. Il réduirait le présent à néant si le présent ne s'en chargeait tout seul. Yaman vous a peut-être parlé de moi. Je suis Semine, sa première femme. Celle qu'on oublie de citer dans les biographies. Il est vrai que notre mariage n'a pas duré longtemps. Nous étions trop jeunes. Trop pressés de vivre. Nous nous sommes quittés comme nous nous sommes rencontrés, en riant, dans un café de Kadiköy. Il avait vingt-six ans et moi, vingt-cinq. Puis nous avons laissé faire le hasard. Chacune de nos rencontres fut une réussite. Je veux dire qu'à chaque fois, nous avons échangé quelque chose. Sans événement et sans éclat. Il lui arrivait de m'envoyer les scénarios de ses films. J'aimais le voir surgir dans une rue, une salle de cinéma, un restaurant. Ses compagnes étaient jolies, bien plus jolies que moi, elles passaient, se remplaçaient, je le regardais vivre comme je voyais les bateaux se croiser dans le Bosphore. Il lui arrivait de m'en parler. Comprenez-moi, je n'étais plus amoureuse de lui, je l'étais encore un peu de nous, de nos vingt ans. Quand il s'est marié avec Lisa, j'avais déjà une fille de mon second mari. Avec son départ en Suède, notre manège s'est arrêté. La lumière a changé. Ils ont eu trois enfants, Lisa et lui. Ses films ont connu le succès que vous savez. Yaman a grandi d'un coup. La célébrité l'a éclairé, assombri, vieilli. Il a gagné quelque chose, perdu autre chose. Quoi ? Je ne saurais pas dire. Parfois, de passage à Istanbul, il m'appelait. Je le retrouvais dans un café. On riait toujours, mais autrement. Avec une pointe de ricanement qui nous irritait, nous éloignait. Nos vies ne collaient plus. La sienne prenait toute la place. Il disait : « Je ne me supporte pas. » Il était beau, il était brillant, il était séduisant, mais non, il voulait plus. Il voulait tout. Il voulait la solitude et il voulait le monde à ses pieds. On l'adulait ? Il se sentait petit. On l'oubliait ? Il s'en plaignait. Rien ne le calmait. Il avait toujours besoin d'un ennemi. Plus il avait de succès, plus il fallait que l'ennemi soit de taille. S'il le perdait, c'était l'angoisse. Puis, un jour, quand était-ce, il y a trente-cinq ans ? il a demandé à me voir d'une voix que je ne lui connaissais pas. Une voix enfantine, intimidée. Je le revois, vêtu de bleu, devant la mer, à Kabatas. Il souriait au lieu de rire, il avait une grande joie gênée qui le débordait. Il ne savait pas quoi faire de lui, de moi. Il respirait, en expirant longuement, comme après un effort qui a porté. Les bateaux l'exaltaient, les vagues, l'écume, le vol des mouettes, tout, absolument tout le remuait, chaque ton de blanc, de gris. Même ma coupe de cheveux qui n'avait pas changé, il la trouvait jolie. Il avait besoin de se taire, besoin de parler. Il était un enfant. Vous étiez entrée dans sa vie. Vous l'aviez changé. « Semine, m'a-t-il dit, j'ai rencontré la femme dont je n'osais rêver. »

Léonora ferme les yeux. La lettre comprend deux autres pages à l'écriture élégante bordée, de haut en bas, d'une marge régulière, généreuse. Du temps où elle croyait en Dieu, elle aurait pu le remercier. Là, elle ne sait à qui parler. Elle s'adresse à l'arbre le plus proche, derrière la vitre, tu es beau, lui dit-elle, se redresse un peu, avale d'un trait le reste de sa tasse de café. Un bruit de voix lui parvient de loin. Riad serait-il déjà là ?

Oui. Il est arrivé. C'est la jeune Française qui lui a ouvert la porte. Nul ne sait pourquoi cette vieille maison rose résiste encore au raz de marée des immeubles et des tours en béton. Le délabrement de sa toiture et de ses murs est antérieur à l'explosion du port qui, hormis quelques dégâts mineurs, l'a étrangement épargnée. Toutes ses fenêtres font miroiter le jardin. Elles le restituent en miettes dans des morceaux de vitre. La vision de cette vieille demeure qui pèle est un appel à la lenteur. Où que l'on se trouve dans ce palais, l'intérieur et l'extérieur sont presque de la même étoffe. Tout respire le même air dans ce vase clos de verdure et de pierres qui découpe la lumière d'où qu'elle vienne. Mi-ottoman, mi-italien, le palais donne de tous les côtés sur le jardin qui le borde. Au rez-de-chaussée, à l'intérieur du salon, des colonnes de marbre reproduisent les fenêtres moins leurs vitres : elles divisent l'espace sans l'emmurer. Trois de ces colonnes portent les traces de la guerre. De l'escalier aux marches abîmées et à la peinture qui partout s'écaille et se dépose en poussière, il est peu d'endroits dans cet espace qui ne nécessitent des travaux. Tapis bédouins, sièges en rotin, meubles en bois clair ont pris le relais des meubles anciens qui faisaient la fierté des Mawal du temps où leur nom comptait en ville.

Riad est entré en la regardant très vite.

– Bonjour, lui a-t-il dit sans croiser son regard, c'est donc vous Venise... Un prénom comme le vôtre ne pouvait laisser mes parents indifférents.

Elle a reculé d'un pas, puis tenté de sourire.

– Je vois que rien n'a changé au palais, a-t-il poursuivi. Il y a longtemps que je n'y ai pas mis les pieds. Comment va ma mère ? Depuis quand êtes-vous là ? On me dit que vous lui faites du bien. Si c'est le cas, je vous en remercie.

– Il n'y a vraiment pas de quoi, a-t-elle répondu avec effort. Souhaitez-vous un café ?

– Non, c'est gentil, ne vous dérangez pas.

Il semblait chercher quelque chose.

– Tiens, où est passé le Böcklin qui était au-dessus du coffre ? Ils ne l'ont tout de même pas vendu ?

Et toutes ces fissures aux murs, aux plafonds… La maison est en ruine depuis des années. Asseyons-nous au petit salon, si vous voulez bien. Je veux vous entendre avant de la voir. Que dit le médecin ? Et puis non, je ne veux pas savoir. Parlez-moi d'elle. Racontez-moi ce que vous savez. Ne prenez pas de gants. Léonora est une femme libre, et je n'ai pas les manières de mon père. Savez-vous comment il a réagi le jour où un milicien auquel il refusait du fric a piétiné, sous ses yeux, nos statuettes phéniciennes ? Elles étaient dans cette vitrine, juste là, derrière vous… Il n'a pas bronché. Il a croisé les mains dans le dos, et il a dit tranquillement : « Laissez, vous pouvez vous retirer, on balayera. » Excusez ma nervosité. J'aime la vue qu'on a de cette fenêtre. Je vois qu'on a pris soin du rosier blanc. Vous pouvez aussi ne rien dire. C'est comme vous voudrez. Mais si vous acceptez de parler, ne prenez pas mal que je me taise.

Venise l'a écouté et suivi des yeux avec une attention de chaque seconde et, pour finir, une curiosité insatisfaite. Elle le trouvait à mi-chemin de tout ce qui indique une qualité ou un défaut. Il était élégant mais trop conscient de l'être. Spontané mais trop inattentif pour être aimable. Trop vif pour n'être que l'homme brutal qu'il affichait. Elle ne savait que penser. Elle était en face d'un bel homme qui ne la séduisait pas.

Beaucoup moins sûr de lui qu'il ne tient à le montrer, Riad Mawal a le profil de sa mère et, comme son père, il sourit quand il parle. Le sourire de Salim est poli, d'une douceur inquiétante, celui de Riad est poignant, parfois enfantin, souvent agacé. Il a un tic, relativement discret : il renifle. C'est un homme à qui il manque un lien. Il est comme désuni. Cela se voit d'autant plus qu'il est assez grand de taille. On dirait qu'il se cherche en cherchant, ou plutôt que ce qu'il trouve n'est pas ce qu'il cherche. Venise a vu ça à sa manière d'aller d'une pièce à l'autre, d'ouvrir, de fermer les tiroirs, de vérifier à moitié, de ne regarder que d'un œil. Il était en partie ailleurs. Lorsqu'il est passé devant le miroir irisé de l'entrée, il s'est regardé à toute allure. Son image l'a écrasé. Il a pris l'air détaché en haussant la voix : « C'est donc vous, Venise ? » Il était irrité. Pas par elle. Par tout, par la vie. Il lui a gentiment demandé, en partant, si elle n'avait besoin de rien. Elle ne l'a pas vu déposer sur la table de l'entrée une enveloppe à son nom avec cinq cents dollars et un petit mot : « Merci de ce que vous faites pour elle. » Quand elle a couru à la voiture pour l'en remercier, il avait déjà démarré. Il avait voulu tout savoir avant d'entrer dans la chambre de sa mère. Son état de santé. Son moral. Ce que lui en avait dit son père. Les raisons de sa présence.

Les mains croisées sur ses genoux, Venise lui avait répondu avec une application laborieuse qui avait rendu la situation de plus en plus théâtrale et l'avait scruté tout en lui parlant :

– Votre mère va mieux ce matin. Elle se prépare à vous recevoir. C'est votre père qui m'a embauchée. Il m'a reçue au palais, dans cette même pièce, il y a quelques mois. Léonore dormait. Il m'a dit : « Je ne vis pas ici. Elle est souffrante. C'est pour elle que vous êtes là. »

À ces mots, Riad fut pris d'un sourire glacial qui oscillait entre lassitude et mépris.

– Souffrante…

Il répéta le mot comme pour dire « encore… ». Venise en avait aussitôt conclu qu'il valait mieux garder pour elle la suite de son échange avec Salim.

– C'est tout ce que m'a dit votre père. Votre mère est en forme. Je crois que votre visite lui fait très plaisir. J'en suis même sûre. Elle me l'a dit.

Contrairement à son fils, Salim Mawal avait pris tout son temps avec Venise. Elle s'en souvenait par cœur.

– Le palais est à mon nom, lui avait-il dit, mais il est hypothéqué. Je suis ruiné. Vous trouverez étrange, le sachant, qu'un couple de Philippins soit employé à plein temps. Vous ne tarderez pas à comprendre qu'entre ces murs, l'avenir est du passé qui dure. Maintenez ce calme et rompez-le parfois, avec le tact dont vous avez fait preuve dans la lettre qui m'a décidé à vous rencontrer. Je veux que vous preniez soin d'elle. Elle est difficile depuis que sa vue baisse mais elle ne demande pas grand-chose. Ne vous inquiétez pas, elle voit encore assez pour être autonome. Ce qu'elle veut, c'est qu'en apparence rien ne change. Vous comprendrez : elle a trop vécu pour supporter la nouveauté. En réalité, elle ne veut plus rien. Elle aspire à mourir. Aidez-la à rester en vie. Elle parle le français comme vous et moi. Mais l'italien lui manque. L'arabe, elle s'en veut de n'avoir pas réussi à en maîtriser les nuances. Elle s'en est beaucoup servie du temps où elle travaillait. Écoutez-la, racontez-lui parfois des histoires, mais ne lui posez pas de questions. Elle peut être drôle, très drôle. Vous verrez. Lisez-lui des romans qui la transportent. Surtout, ne pensez pas à lui changer les idées. Léonora a soulevé des montagnes du temps où elle pouvait. Elle ne vous en dira rien. Elle montre moins volontiers ses qualités que ses défauts.

À ce moment-là, Venise avait osé dire :

– Lesquels ?

Salim avait hésité avant de répondre :

– Elle a horreur des explications et elle a horreur d'être incomprise.

Elle l'avait interrompu à nouveau :

– Pourriez-vous me dire de quoi souffre Madame ?

La question l'avait contrarié.

– Ne cherchez pas à la soigner. Cherchez à la soulager. Nous l'appelons tantôt Léonore, tantôt Léonora.

– Elle a une maladie ?

Il n'avait pas répondu. Les mains croisées, un pouce

sur l'autre, les doigts pointés vers le sol, il avait dit gentiment :

– Passez me voir de temps en temps. Je viens régulièrement au palais en entrant par la porte du bas. Vous me trouverez dans le jardin, sous le platane.

La visite de Riad à sa mère a duré moins d'une heure.

– C'est l'écriture de papa ou je me trompe ? a-t-il lancé après l'avoir embrassée.

Il pointait la pile de lettres qu'elle avait pourtant pris soin de ranger dans un coin.

– Oui, a-t-elle simplement répondu.

– Quand as-tu commencé à le tromper ? a-t-il demandé, s'éloignant brusquement de manière à lui tourner le dos.

Il ne l'a pas vue ouvrir grand la bouche et ravaler son cri sans un bruit. Immobile, face au jardin, il tendait l'oreille, interdit par son culot. Il n'avait jamais parlé ainsi à sa mère. Jamais abordé ce sujet. Elle ne disait rien. Plus leur silence durait, plus ils étaient figés l'un et l'autre. C'est lui qui, sans se retourner, l'a brisé d'un ton cassant, faussement sûr de lui. Il a parlé d'un trait, lentement, les jambes un peu écartées, les mains croisées dans le dos en scandant chaque phrase.

– Elle vous va comme un gant, la Venise. Jolie, sans trop. Intelligente. Fine. Démodée. Un français du siècle dernier. Une voix agréable. Je l'aurais bien écoutée plus longtemps. Quel âge a-t-elle ? Quelques années de moins que moi ? Qu'est-ce qu'elle fout ici ? Elle enseignait le français au Collège protestant, puis elle en a eu marre. Ok. Mais pourquoi s'est-elle enfermée avec toi ? C'est vrai qu'il y a le palais. Et puis, qui sait ? Elle a peut-être en tête d'écrire un livre. C'est possible. Très possible… Elle est du genre à se dire : Léonora est une héroïne. Je vais raconter sa vie.

À ces mots, sa mère a hurlé :

– *Basta,* Riad, *basta !*

Il a fait un tour sur lui-même et il a essayé de rire avec tant d'efforts qu'elle en a éprouvé un instant de la pitié.

– *Bene mamma,* a-t-il dit pour apprivoiser sa nervosité, *me ne vado, tornero un altro giorno. Scusa,* a-t-il ajouté en effleurant sa main.

Elle l'a supplié des yeux, de la voix, de ses deux bras tendus :

– C'est à toi de m'excuser, c'est à toi de… oh Riad, mon chéri.

Il est parti à grands pas. À présent, au volant de sa voiture, il pense bruyamment à sa mère : « Il y a tout dans sa vie : la religion, la passion, le bonheur, le malheur, le cosmopolitisme, la fin des chrétiens arabes. Elle peut commencer où elle veut la Venise. Avant : Une sœur franciscaine arrive de Rome à Beyrouth dans les années soixante-dix… Ou après : Léonora Mawal, ancienne religieuse italienne, mariée à un agronome libanais, rencontre à Stockholm le cinéaste turc Yaman Ekim. Non, pas comme ça, ce n'est pas le genre de

Venise. Ah, l'histoire de ta vie, maman ! Tu ne sais plus toi-même ce qui est vrai, ce qui est faux. Tu as vingt ans. Tu es celle qui renonce alors que tu veux tout. Tu es la fiancée du Christ. Tu domines. Ton sourire est plus fort que la mort de ton frère. Tu donnes pour que la vie te donne. Tu mets ton monde dans la poche. Beyrouth est aux pieds de la religieuse italienne. Les bonnes sœurs, les curés, les ministres, les pauvres, les paumés. Tes yeux sont partout. Comme ton sourire. Ils m'ont ébloui et ils m'ont aveuglé tes yeux. Que sait-elle de toi Venise ? Que tu as enseigné l'italien dans une école de jeunes filles, puis que tu en as eu assez des gosses de riches. Tu lui as dit, j'en suis sûr, tu lui as dit que tu as ouvert un centre pour les prostituées et leurs enfants. Tu lui as raconté ce que je n'ai jamais su que par bribes. Elle a le sens du détail la Française. J'ai bien vu ! On ne parle pas comme ça si on ne sait pas écrire ! Est-ce que je vous aime, papa et toi ? Je ne sais pas. Je ne sais plus. La beauté, la beauté… elle lui a fait louper l'amour à mon père la beauté. Toi, tu as voulu l'amour et la beauté. Tu les as eus. Mais la beauté, aujourd'hui, la beauté moins la jeunesse et moins l'amour, qu'est-ce que c'est, ma pauvre mère ? Regarde-le ce jardin en trompe-l'œil, au plafond. À quoi ça rime tout ce temps immobile dans un pays qui fout le camp ? Quand les islamistes vous mettront dehors, vous leur direz quoi ? Pardon messieurs, on est chez nous, on est ici depuis toujours, on est avec vous, on est des gens bien. Ne comptez pas sur moi ce jour-là. Moi, je construis. Je fais de l'argent. Je répare vos conneries. J'ai fait une croix sur vos bonnes œuvres. Tu n'y as rien compris au Liban, maman, rien de rien. Tu as vidé les caisses de la famille pour aider les Palestiniens ! Puis les réfugiés syriens ! Et maintenant, vous n'avez plus rien pour aider les chrétiens ! Je t'avais dit, un sou de plus et je fous le camp. J'ai foutu le camp. Votre centre pour les orphelins de la guerre, qu'est-ce qu'il est devenu ? Un repaire de voyous ! Voilà ce qu'il est devenu. C'est pour ça que tu ne veux plus vivre. Et ce fric dont tu disposes, c'est l'héritage de la famille, c'est le patrimoine des Mawal que tu as englouti. C'est le mien ! Le mien ! Ton mari te suit les yeux fermés, comme toujours. Et pourquoi ? Au nom de quoi ? Tu es partie avec l'autre, tu étais folle de lui, tu n'en avais que pour lui, il passait avant tout, avant ton fils, toujours avant, et maintenant, qu'est-ce que tu fais ? Tu vis ton deuil, aux frais de ton pauvre Salim. Oui, oui, "pauvre Salim", je te l'ai entendue dire plus d'une fois. Tu vas me répéter que tu l'aimes, qu'on peut aimer deux hommes à la fois. Je connais la chanson. Vous n'êtes même pas fichus de vivre sous le même toit tous les deux. Nous sommes la risée de la ville. Et le Böcklin ! Parti chez Christie's ! Pourquoi as-tu perdu la foi ? Pourquoi ? Tu veux me dire pourquoi ? Moi, j'ai besoin de l'Église et j'ai besoin de Dieu. Je suis chrétien. Maronite, que tu le veuilles ou pas. Et j'ai la foi ! Je ne laisserai pas vos amis me marcher sur la tête. C'est comme ça, pas autrement. Aide-moi à t'aimer, nom de Dieu ! Aide-moi à t'aider. Y en a marre de ce bordel. »

À peine son fils avait-il quitté la chambre de sa mère qu'une scène du passé s'est imposée à elle avec plus de précision que celle qu'elle venait de vivre. Riad a cinq ou six ans. Elle lui parle de la misère : des gens qui ont froid, qui n'ont rien à manger, qui n'ont ni père ni mère. Son fils est assis sur un cheval en bois :

– Emmène-moi, Pablo, lui disait-il en feignant de le fouetter, emmène-moi.

– Où veux-tu aller ? lui avait demandé sa mère.

– Au pays.

– Quel pays ?

L'enfant, pris de court, n'avait su quoi répondre. Elle avait insisté. Il avait frappé des cuisses les flancs de Pablo et s'était écrié tout excité :

– Au pays des belles histoires !

Salim était entré dans la pièce à ce moment-là.

– C'est quoi le pays des belles histoires, Riad ?

– C'est le pays où maman ne m'emmène pas.

Que lui avais-je répondu ? se demande Léonora. Elle a beau chercher, elle ne sait plus.

Prends, pour y voir clair, le temps qu'il te faudra, lui écrivait Salim à cette même époque. Mais ne me ménage pas. Je persiste à croire qu'en dépit de ce que ta vie peut contenir d'autre, quelque chose nous est indissociablement commun ; qu'une île nous est encore réservée : invisible, hors d'atteinte aussi longtemps que nous sommes deux à y croire. Déraison encore ? Alors si tu en es sûre, dis-le, avec la cruauté qu'on doit à qui vous aime à ce point.

Je l'ai eue cette cruauté, pense Léonore en reposant la lettre. Je me souviens. Je me souviens même avoir parlé très fort et très vite comme Riad tout à l'heure. Je lui ai dit : « J'aime Yaman, Salim. J'aime Yaman. » J'ai répété deux fois le nom de Yaman comme on enfonce un clou. Mon empressement à vivre, à tout faire en même temps. À tout donner, tout recevoir. Comment ai-je pu ? C'était merveilleux. Terrible et merveilleux. Comment aurais-je pu te dire non, mon Yaman, nous dire non ? Ce n'est pas le souvenir qui maintient mon amour. C'est le plaisir de penser que je vais peut-être pouvoir m'oublier. S'oublier… s'oublier… est-ce si facile que je veux maintenant le croire ? Salim, souviens-toi, tu l'as pensé toi aussi. Tu as voulu m'aimer comme si moi seule comptais, comme si tu ne comptais pas. Était-ce aussi simple, était-ce aussi beau que tu le croyais ? Oh que non, chacun est encombré de soi, l'amour passe par soi, j'ai essayé avec Dieu, avec le Christ, mais j'ai échoué. Et notre fils que je n'ai pas su emmener au pays ! Et tes lettres… tes lettres splendides, à qui s'adressaient-elles pour finir ? À quelle femme inventée ? Quelle était ma part de réalité dans l'océan de tes rêves ?

Léonore commence à avoir froid à la tête. Son cerveau est mangé, rongé par un mélange de feu, de coups, de pertes de mémoire. Il souffre l'enfer. Elle veut quand même continuer à lire :

L'amour de l'autre n'est jamais tout à fait exempt d'amour de soi. À défaut de t'offrir cet amour chimiquement pur – plus rare que le soufre rouge, diraient les auteurs arabes –, j'ai essayé de te donner ce qui s'en approchait le plus. Oui, de te donner, n'attendant rien de toi que l'acceptation du don. Tu as été pour moi, tu es, et je voudrais que tu sois toujours, l'amie, la sœur, l'amante, celle dont je chéris tous les visages. Je ne te pose aucune question, je te dis « ne livre pas notre île ». Je n'en veux pas à l'homme qui est entré dans ta vie, je veux seulement croire qu'il n'est pas entré là où nous nous tenons toi et moi. Ce territoire-là, protège-le, laisse-moi le protéger, fais-nous encore confiance. Je t'embrasse tout entière.

Venise a frappé discrètement à la porte.

– Léonore ? Je peux entrer ?

– Oui, a murmuré une voix défaite.

La jeune Française, affolée, l'a trouvée hagarde, une feuille de papier entre les mains, d'autres par terre, les cheveux trempés, en désordre. Trois minutes plus tard, car c'est ainsi qu'est Léonore, elle était transformée : vêtue d'une ample robe noire, les cheveux peignés, tirés en chignon, elle éclatait de rire en enfilant des boucles d'oreilles en argent : « C'est fou ce qu'on peut s'attacher à soi quand on ne s'aime pas. Et quand on s'aime, ce qu'il faut arriver à l'oublier pour n'être pas ridicule ! »

– Et si l'amour était avant tout une envie d'exister dans le regard de l'autre ? lui avait dit son frère Pietro. Une envie d'oublier la mort.

Léonore s'était insurgée :

– Comment peux-tu dire une chose pareille ? Que vient faire l'oubli de la mort ici ? Tu sais bien que l'amour c'est le contraire, c'est s'oublier pour l'autre.

– S'il était si facile de s'oublier, *sorellina*, l'espèce humaine aurait tout fait autrement.

Il rigolait. Elle avait seize ans, elle ne comprenait pas.

– Si tu souffres autant d'avoir perdu l'amour de Maria, avait-elle répliqué, c'est que la vie sans elle n'a plus de goût pour toi. Elle te donnait le goût de la vie.

– Tu viens de redire autrement ce que je te disais.

Alors, elle s'était écriée :

– Moi je suis prête à donner ma vie pour celui que j'aime.

– Tu es amoureuse ? lui avait-il demandé gentiment.

– Je ne sais pas… Peut-être.

Rien que ce mot – peut-être, *forse* – lui apporte encore aujourd'hui ce moment au cours duquel tout est possible, le paradis et l'enfer, à égalité. Elle se revoit, au seuil de ce peut-être, trois jours après cette conversation. Gianni lui avait proposé de monter chez lui au retour d'une promenade. Il avait six ans de plus qu'elle et habitait, lui aussi, un *attico* sans ascenseur. Elle devant, lui derrière, elle avait grimpé les étages au rythme du désir et de la peur. Peut-être n'était-ce qu'une politesse, cette invitation, une simple envie de poursuivre la conversation ? Peut-être ne la trouvait-il pas assez jolie ? Peut-être que si ? Elle n'arrivait plus à savoir s'il avait posé sa main sur la sienne ou s'il l'avait frôlée par distraction. Peut-être allait-elle connaître, à peine la porte refermée, le goût de ses lèvres ? Peut-être jamais. Se retrouverait-elle, orpheline ou heureuse, en redescendant ces mêmes marches un peu plus tard ? C'est ce jour-là qu'elle avait fait l'amour pour la première fois. La déchirure et le sang alors qu'elle montait au paradis… Peut-être était-ce précisément cela – cet incident sur la route du bonheur – qui avait résumé pour elle en quelques secondes ce qu'elle avait employé une vie à revivre, à reconnaître, à accepter, à refuser : le serrement du cœur à l'instant où le cœur s'envole. Que dirait-elle à son frère s'il vivait encore ? L'état amoureux, c'est perdre connaissance, c'est vivre de la vie de l'autre. L'amour, c'est plus difficile, c'est reprendre connaissance, c'est faciliter la vie de l'autre. Kafka disait du premier, c'est le miroir, et du second, c'est la fenêtre. Avoir vécu les deux, avec la même personne, c'est avoir vécu, se dit-elle aujourd'hui.

IV

Léonore est allée marcher du côté de la fontaine. Comment Riad pourrait-il comprendre ? Je te comprends, Riad. Je te comprends de ne pas comprendre. Elle s'est assise près de l'eau qu'elle remue d'une main hésitante. Yaman, mon Yaman, personne ne saura jamais, pas même nous, pas même toi en vie, pas même moi aujourd'hui, personne… Comment pouvais-je ne pas aller vers toi ? Que restera-t-il de nous quand je ne serai plus ? De la musique réduite au silence ? Oui mais la musique revient tandis que nous… Que nous nous sommes aimés, mon Dieu, que nous nous sommes… que je t'ai… que nous nous sommes aimés. Nos corps, ma tête sur ta poitrine, dans ton cou, ta pensée dans la mienne, dans mon ventre, comme on pensait ensemble lui et moi, comme on se battait pour ne pas accepter, ne pas se soumettre, comme on allait au bout du bout… Nous étions la vie ! Oh mon Dieu quelle arrogance. S'il me voyait aujourd'hui… m'aimerait-il encore ? Moi, oui, je l'aime mort, je l'aime vieux, je nous aime… Mais lui ? Peut-être pas… Je t'aime aussi Salim, je t'aime tant, je suis ainsi, j'ai abandonné l'Italie, j'ai laissé tomber le calme, ma santé, je suis devenue le pays de la guerre, même pas le pays, la région, une région qui n'était pas la mienne, que je suis lasse d'avoir tant voulu, tant perdu ; j'ai écrit un jour : « Si je ne l'avais pas aimé si fort, je ne l'aurais peut-être pas aimé. » Qu'est-ce que cela voulait dire ? Mon Dieu, mon Dieu, que ne suis-je morte avec lui, il y avait tant de vie, tant de mort, dans chacun de nos baisers, quelle folie d'y avoir survécu…

La main de Léonore est remontée s'asseoir sur son genou. Elle a murmuré « je ne suis plus » avec envie, comme pour s'en convaincre, comme pour se donner le droit de continuer à aimer.

V

L'été est arrivé d'un coup. Salim est assis sur la terrasse de sa chambre d'hôtel. La mer n'est pas assez agitée pour se faire entendre. Il boit un verre de Perrier glacé. Sa nervosité n'est visible qu'au mouvement saccadé de sa jambe droite. L'avocat d'affaires qu'il a raccompagné à la porte, il y a un instant, lui a dit en arabe à la dernière minute : « N'oubliez pas que mon client est de tempérament impatient. » Et comme Salim avait répliqué : « Il n'irait pas jusqu'à mettre ma femme dehors... », l'homme onctueux, à la cravate bleu pétrole, avait laissé entendre d'un sourire appuyé qu'une enveloppe remise à son intention calmerait peut-être la situation. Il n'y a aucune trace sur le visage pensif de Salim de ce qui vient de se passer. Depuis que ses cheveux ont blanchi, ses yeux marron ont comme changé de couleur. Ils ont foncé. Il se dégage de cet homme un sentiment de largesse et de douceur dont on imagine sans peine la capacité de froideur. Rien que la manière dont sa mâchoire se raidit quand il est en désaccord. Il vient d'appuyer sur la touche du téléphone qui le relie au palais. « Allô ? Ah, c'est vous Venise… je vous prie, s'il vous plaît, de filtrer les appels. Si un certain monsieur Zaram demande à parler à Léonore, dites-lui qu'elle n'est pas disponible. » À l'autre bout du fil, la voix a acquiescé sans poser de questions. Il a quand même ajouté : « Je ne veux pas qu'elle soit au courant de nos ennuis d'argent… Merci encore de votre présence, Venise. » À peine a-t-il raccroché que le téléphone sonne. C'est elle. C'est Léonora.

– Je te dérange, Salim ?

– Non, non, tu ne me déranges pas. Il y a un problème ?

– Je voulais juste entendre ta voix.

– Ah.

– Je me demandais…

– Quoi ?

– Je me demandais si tu étais vraiment mieux à l'hôtel qu'à la maison.

– Que t'arrive-t-il, Nora ? Il y a longtemps que la question est tranchée. Tu sais bien que oui.

– Riad est venu me voir ce matin.

– Comment va-t-il ?

– Il m'a brusquement demandé pourquoi je t'avais trompé.

– Comment ça ?

– En fait, il m'a demandé l'âge qu'il avait quand je t'ai trompé.

– Mais de quoi parles-tu ? Qu'est-ce qui vous arrive à tous les deux ? Et ce mot dans ta bouche. Trompé ! Il te ressemble si peu. Tu es sûre que tu vas bien ?

– Dis-moi, Salim, à quel moment le passé devient-il du passé ?

– Je ne sais pas… Jamais !

– Est-ce que… est-ce que le nôtre…

– Comment ça le nôtre ? Tu t'inquiètes pour Riad ! Mais tu es folle. Tu as oublié l'âge qu'il a ?

– Je voulais dire autre chose mais je n'y arrive pas.

– Veux-tu que je vienne te voir demain ?

– Si tu en as envie. Seulement si tu en as envie. On a beau avoir vieilli, nous ne sommes pas obligés de faire comme tous les vieux.

– Nora, as-tu pris ton médicament ce matin ?

– Oui.

– Bon… apaise-toi maintenant. Demande à Venise de te lire quelque chose avant de dormir. Que lis-tu en ce moment ?

– Tes lettres.

– Pardon ?

– Tes lettres.

– Mes lettres ? Quelles lettres ?

– Tes lettres, Salim.

– Tu ne les as pas brûlées ?

– Non. J'aurais dû ?

– Je crois me souvenir que je t'avais demandé de le faire. Enfin, c'est sans importance. Je devais être dans un moment de grand désespoir.

Il a éclaté de rire en prononçant ces mots.

– Ce qu'on se prend au sérieux quand on est fou d'amour. C'est drôle, moi j'ai brûlé il n'y a pas longtemps une lettre que je ne t'ai jamais envoyée.

– Récente ?

– Ni très récente, ni très ancienne.

– Que disait-elle ?

– Je ne sais plus. Je crois que je te demandais d'essayer d'être heureuse.

– Tu l'as brûlée parce que tu pensais que cela ne servait à rien de me le demander ?

– Non.

– Tu ne veux pas m'en dire plus ?

– Non.

– Salim…

– Je t'écoute, Nora. Que veux-tu me dire ? Tu m'inquiètes. Ta voix est étrange ce soir.

– Ne t'inquiète pas. Je vais bien. Il y a longtemps que je n'ai pas été aussi bien.

– Je passerai te voir demain.

Ils se sont souhaité bonne nuit ; lui, d'une voix ferme, elle, d'une voix très faible qu'il a attribuée à la fatigue.

Jour après jour, le Liban craque, change de peau, de visage. Tombe en miettes. Tout continue, rien ne marche. Ce n'est pas un pays, c'est un échantillon du monde qu'on a laissé pourrir sur un morceau de terre. Par endroits, l'argent coule à flots. Ailleurs, un dollar mendié assure le quotidien d'une famille. Chaque fois que la beauté marque un point, la laideur revient en force. Les villes se répandent, parmi les voitures, dans tous les sens, tous les coins. On dit de ces villes qu'elles ont du charme comme on le dit des gens à qui l'on n'a rien trouvé d'autre. Le pire, c'est qu'elles en ont. Parmi les immeubles à dix ou trente étages, les restes du passé sont des bijoux de famille enfouis parmi les arbres et les ordures. Les gens qui passent assistent avec un soulagement inquiet au retard de leur disparition. Ils disent : « Celle-ci est encore debout parce que les héritiers sont trop nombreux pour se mettre d'accord » ou : « C'est dans celle-ci que la femme allemande de mon cousin Abdallah avait fait un jardin de fleurs blanches, uniquement blanches », ou bien : « Dans celle aux fenêtres bleues, vivait le fameux charlatan dont la belle-sœur du président de la République était folle amoureuse. Il lui enseignait l'avenir comme s'il avait déjà eu lieu. Certains affirment qu'il l'a tuée, d'autres qu'elle s'est suicidée. On ne saura jamais. Sa sœur avait déclaré : “Elle a eu une belle vie, elle a connu l'avenir sans avoir à le supporter” », ou encore : « La maison bleue appartenait à une famille qui demandait au personnel de participer aux frais de l'électricité. »

C'est dans l'une de ces bâtisses de Beyrouth-Ouest que se déroule en cet instant la vie de Léonora. Sur le trottoir, à la porte du palais Mawal, deux hommes s'apprêtent à jouer aux cartes. Ils sont assis sur des journaux empilés, adossés au mur en pierres. Le chauve est un colosse défait. Son regard peine à se poser, ses bras tombent en croix sur son ventre affaissé. Il hésite entre se redresser et s'étendre.

– Tu sais quoi, dit-il sans se décider, c'est une chance que nous soyons en vie.

– Tu veux la vérité ? dit l'autre. Que Dieu me pardonne, mais la vérité c'est que c'est idiot d'avoir peur de mourir.

– Ce n'est pas une question de peur, c'est une question d'envie. Moi je n'en ai pas envie.

– Et tu as envie de vivre ! dit le maigre. Tu as envie de vivre comme un chien ?

Entre ses mains le paquet de cartes battues à toute allure accompagne le bruit des voitures. Il s'énerve.

– Calme-toi, *habibi*, elles ne t'ont rien fait.

L'épicier leur a donné trois pommes.

– Pour qui la troisième ? a demandé le maigre.

– Pour celui qui gagne !

– On dirait que tu coupes des têtes, a rigolé le chauve en croquant dans sa pomme.

– Si seulement je pouvais, *ya* Abou Fadi, si seulement je pouvais, je ne te dis pas…

– Allez, joue, Sami, ça nous énerve assez de ne pas pouvoir les tuer ces assassins qui nous ont démolis, on ne va pas s'énerver à s'en souvenir chaque fois qu'on les oublie !

– Mes cartes racontent ma vie, elles ne valent rien. Vas-y, à toi de jouer.

– As de pique, ça te va ?

– Il y a un touriste qui m'a dit hier : « Qu'attendez-vous pour descendre dans la rue ? », je lui ai répondu avec le français de ma femme : « Je suis dans la rue, monsieur, je ne peux pas descendre plus bas. »

Les deux hommes se sont mis à rire.

– Je t'ai dit ou je ne t'ai pas dit ? Mon fils Fadi va quitter l'armée. Son salaire ne lui paye plus l'essence.

– Moi, on m'a dit que mon fils nettoie les avions. Tel que je le connais, il va finir par entrer dans l'un d'eux avec les bagages.

Ils parlaient en jouant, jouaient en parlant.

– Tu ne vois plus ton fils ? a demandé le chauve en déposant du trèfle.

– Comment veux-tu ? Je ne peux plus donner à manger à sa mère. C'est lui qui s'en occupe.

Les cartes et les mots entassés fabriquaient au fur et à mesure un semblant d'existence. Un petit endroit où désespérer en paix. Un mot apportait la voix de l'un, puis la voix de l'autre, une carte apportait de l'image, une autre de l'hésitation, un mot emplissait le vide, une carte le rompait, un mot était suivi d'un soupir, une carte d'un juron, une phrase après l'autre, une carte après l'autre, les deux hommes actionnaient la machine à coudre la vie. Leurs regards ne se croisaient pas. Ils se tenaient compagnie, ils étaient en vie à défaut d'être morts.

Le lyrisme débridé du pays n'a jamais déteint sur Salim. Il a grandi dans une famille où le contrôle de soi était synonyme de décence et la décence, un projet en soi. Les excès étaient réservés aux caprices des hommes, aux potins, aux plats alignés sur les tables en cas de réception, aux colères entre quatre murs. Le reste du temps, les formes étaient consacrées à calmer le fond, à le faire taire. Ses parents venaient tous deux du milieu aisé de la bourgeoisie maronite. Ils s'étaient mariés en se connaissant à peine et s'étaient attachés l'un à l'autre sans effort, sans même avoir besoin de s'aimer. Ils se respectaient, ils se ressemblaient. C'est du moins ce que laissent entendre les gens qui les ont connus. Ils avaient élevé leurs deux fils et leur fille avec des gouvernantes – d'abord une Allemande, puis une Française –, et des professeurs d'arabe qui échouaient à tour de rôle à leur faire aimer la langue. Creusant méthodiquement son trou dans leurs cerveaux d'enfants, la langue française les coupa des racines de l'arabe. Salim en voulut à ses parents de ce parti pris. Il rattrapa largement son retard, après ses années scolaires, mais ne fut jamais à même d'entrer les yeux fermés dans cet océan de nuances. Les Mawal possédaient une grande propriété dans la Bekaa. Ils ont offert à leurs enfants des espaces où faire du cheval, se rendre en moins d'une heure de la plaine à la montagne, marcher, courir à l'abri des voitures. C'était l'époque où les champs de cerisiers, de noyers, de vignes, de peupliers buvaient l'air venu de la montagne comme s'abreuvaient les bêtes aux sources d'eau fraîche. Le béton n'avait pas encore écrasé la pierre. La terre et le ciel étaient collés l'un à l'autre. Une étoile s'allumait, une fenêtre l'imitait, le temps d'en bas suivait le temps d'en haut. Les tragédies entraient dans le tissu de la vie sans le défaire. À présent c'est l'inverse : la vie se faufile comme elle peut dans un tissu défait. Le père de Salim était un grand bonhomme élégant et sans charme qui plaisait au plus grand nombre parce qu'il avait disait-on de la prestance (*tallé* en arabe). Une de ses anciennes maîtresses avait confié en riant qu'il était plus vivant couché que debout. Un écrivain français de passage à Beyrouth avait noté dans son journal : « Rencontré Mawal dans son fief de la Bekaa. Il a la moustache de Clemenceau, le regard souverain d'un chef d'orchestre, la mine d'un conspirateur. Mais pour peu qu'il parle, on s'étonne du peu qu'il a à dire. » La mère de Salim était au contraire une petite femme forte qui s'effaçait beaucoup pour s'imposer en douce. Seul son rire la trahissait. Son rire était le flagrant démenti de son apparente timidité. Il était si triomphal qu'il en oubliait d'être gai. C'était un rire d'homme servi par la coquetterie d'une femme. Le jour de la mort de sa mère, Salim avait dit à Léonora : « Papa a perdu son pouvoir. » « Quel pouvoir ? » avait-elle répliqué, très surprise. « Le pouvoir de régner sans avoir à gouverner. »

Dès leur première rencontre, Léonora avait aimé en Salim sa manière d'observer à distance ce qu'il avait vécu de près. La synthèse qu'il en faisait. Son ironie sans morgue. De son père il avait pris la taille, de sa mère l'amour ; des deux réunis l'envie de faire autrement.

Il y a quelques jours, il confiait à Venise qu'il était passé à côté des êtres extraordinaires de son enfance. « Pourquoi à côté ? » avait-elle demandé. « Par suffisance, par manque de curiosité. Nous prenions nos privilèges pour acquis. Tenez. Je pense à notre prof de piano, monsieur Bern. Il parlait le français avec un fort accent allemand, je n'ai jamais su s'il était juif ou nazi. Personne ne se posait la question. De ses mains, en revanche, je pourrais vous parler pendant des heures. Elles sentaient la pipe et l'ambre, je voyais la Terre entière dans ses paumes – des monts, des rivières, des précipices –, chaque doigt avait l'épaisseur d'un gros cigare. Ses mains labouraient le clavier en le touchant à peine. Il en sortait une musique d'une grâce anormale. C'en était presque gênant. Docteur Kohn, notre médecin de famille, savait tout de nous, lui aussi, et nous, à peu près rien, hormis qu'il était juif et qu'il habitait l'immeuble en face de la synagogue. On le consultait pour un oui pour un non, il nous offrait un chocolat avant la consultation, nous rassurant d'un "tout va bien, mon petit, tout va bien". Je ne voyais en lui qu'un homme bon, heureux de nous connaître. Il avait un œil fixe et un œil très vivant. C'est seulement aujourd'hui, un demi-siècle plus tard, que je comprends en vous le décrivant qu'il avait un œil en verre. Le temps qu'on perd, Venise, le temps qu'on perd à se regarder dans le regard des autres, au lieu de voir. Ma mère n'en savait pas plus que nous. Mon père, n'en parlons pas. Kohn ne nous disait que ce que nous avions besoin d'entendre. Sa voix était beaucoup plus vieille que son visage. » « Que voulez-vous dire par plus vieille ? » « Il avait une voix brûlée… Comment vous dire ? Une voix éraillée qui lui sortait, comme de la fumée, du nez et de la bouche. Je vais vous faire un aveu, Venise… J'ai souvent l'impression que le passé est un temps qu'il faut revivre pour le vivre. Oui, oui, il faut le revivre. C'est comme un livre lu trop vite, trop tôt. La première fois ne compte presque pas. Cela, vous êtes sans doute trop jeune pour le comprendre. » « Vos parents, Salim, comment ont-ils pris votre mariage ? » « Mal, avait-il répondu joyeusement. Léonore n'était pas à leur goût. Mon père l'appelait tantôt la religieuse, tantôt l'Italienne. Écoute, mon fils, m'avait-il dit, amuse-toi si tu veux, mais ne l'épouse pas. Elle te quittera comme elle a quitté Dieu. J'avais tellement ri que mon père, furieux, avait menacé de me déshériter. »

VI

Sari vient de se déchausser et de s'étendre sur son lit, après avoir arrosé le jardin. Ses yeux sont partagés entre l'envie de s'assoupir et celle de se faire entendre. Mais de qui ? Démi est à l'étage du haut. Et la Vainize, comme il l'appelle, doit être en train de faire la lecture à la vieille. Cette famille Mawal, quelle bande d'emmerdeurs…, pense-t-il. Le vieux qui fait semblant de lire en remuant les petits glaçons de sa citronnade, et l'autre, la Léonore, avec sa voix de berceuse enrouée, il se foutent de qui pour finir ? Et on me dit, avec ça, qu'elle était bonne sœur ! Qu'on arrête de me raconter des histoires ! Ils sont peut-être mieux que d'autres ces gens-là, mais ce n'est pas une raison. D'ailleurs, j'en sais rien moi s'ils sont mieux que d'autres ! Des riches qui se prennent pour des pauvres, c'est pire que tout. Cela dit, ils sont peut-être pauvres. À part notre salaire, ils ne dépensent presque rien. Ils ne prennent jamais l'avion et ils n'arrêtent pas de remettre le moment de réparer les murs. Mais pourquoi ils se rendent visite comme s'ils s'étaient jamais vus, ces trois-là ? Ça ne rate pas. La même rengaine à tous les coups, « Madame est-elle dans sa chambre ? », « Voulez-vous dire à Madame ? », mais je t'en foutrais moi du Madame ! Tu as fait comment quand tu lui as fait un fils à ta Madame ? Tu nous as demandé la permission avant de lui rentrer dedans ? Toujours élégant, toujours poli, jamais un mot plus haut que l'autre, et pourquoi, s'il te plaît, pourquoi jamais un mot plus haut que l'autre ? C'est qui, le chef ici, c'est toi ou c'est pas toi ? Qu'est-ce que tu fous à l'hôtel alors que tu as un palais et trois personnes pour te servir ? Il en reste combien des palais dans cette poubelle de ville ? Tu avais une vie de roi et tu découches comme un gamin ! Comment veux-tu que ton fils devienne un homme dans ces conditions ? Il habite le pays et il vient voir sa mère une fois tous les deux ans ! Chez nous, un type comme ça, sans morale, sans cœur, qu'est-ce que tu crois ? il revient à plat ventre le jour où il décide de rentrer. Je l'ai vu l'autre jour qui tournait comme une guêpe dans le petit salon. On aurait dit qu'il était entré par erreur et qu'il ne savait pas comment sortir ! C'est quoi ce cinéma ? Et sa mère, pendant ce temps, qui s'habillait comme pour aller au bal. Une heure avant et une heure après, elle était mourante. Mais pendant, fallait voir ! Ma pauvre Démi qui allait et venait dans tous les sens. « Riad n'aime pas ceci, Riad n'aime pas cela, mettez les loukoums s'il vous plaît dans l'assiette chinoise et les mana'iches dans l'assiette ouzbèke », et comment veux-tu qu'on sache, imbécile, laquelle est la chinoise et laquelle est l'ouzbèke ? Tu prends ma femme pour une antiquaire ou quoi ? Nous, on a laissé nos filles au pays parce qu'on ne pouvait pas faire autrement ! Vous, il faut à tout prix que vous fassiez autrement, jamais comme tout le monde. C'est dégoûtant à la fin. Et mon fils, mon fils à moi, vous êtes-vous jamais demandé ce qui lui est arrivé ? Vous ne savez même pas qu'il a existé, mon fils ! Il est mort, mon fils, bande de salauds. Ah, mon fils, si j'avais eu du fric, la moitié de la moitié de ce qu'ils ont, que le diable les emporte, je t'aurais sauvé. À Luntaka, on vivait ou on crevait, pas comme ici. C'est quoi, ce boucan ? Encore un Libanais qui se croit tout permis. Moi, quand je suis au volant, je ne klaxonne pas. Jamais. La seule fois, c'est quand je t'ai emmené à l'hôpital dans la bagnole du vieux Pipo et que c'était trop tard. On vivait encore sur l'eau à cette époque-là. Ils ne savent pas ce que c'est ici une maison sur l'eau. Ils ne savent qu'eux. Nous on sait à peine lire et on sait tout ce qu'ils veulent. Et cette Vainize qui parle le français comme une grande dame. Ses petits airs pincés de femme intelligente. Aïe, il fait humide aujourd'hui, j'ai mal aux pieds. J'ai envie de ses petits seins bien ronds. Elle m'a dit non et non. Pourquoi ? Parce que je suis philippin ? Sale raciste, va. C'est pas pour les beaux yeux de Démi qu'elle a dit non. Elle est quand même mignonne, la petite Vainize. Je vais lui dire qu'elle est jolie. Démi a beau dire qu'elle n'aime pas Madame. Je l'ai vue faire hier. Rapide comme un chat, la serviette que Madame avait laissée tomber, comment elle l'a ramassée, comment elle a regardé sa patronne, avec quel amour, si, si, c'était de l'amour, puis le verre d'eau à la fleur d'oranger posé sans un bruit sur le plateau en argent. Il faut dire que la vieille, sur la photo qui est dans la chambre de Monsieur... elle avait de ces yeux ! Qui sait comment ils étaient quand ils étaient ensemble ces deux-là ? Il paraît qu'elle en a aimé un autre. Elle avait un prince libanais et elle a été se trouver un inconnu ! Un Turc ! Ne me dites pas qu'ils sont normaux ces trois-là. Il n'y en a pas un pour sauver l'autre. On dirait qu'ils ont besoin d'aller mal pour se sentir bien. Moi, dans un an si Dieu veut, je rentre avec Démi à Mindanao. Vaut mieux mourir de faim chez soi que sous une bombe dans une famille de fous.

Il est près de 18 h 30. Sari n'a pas vu, pas entendu Salim entrer dans le salon par le jardin. Il est assis, penché vers l'avant, dans le coin du canapé en cuir dont il embrasse l'accoudoir à deux mains. Léonora est en face de lui dans le fauteuil en osier. Elle ne sait pas ce qu'elle ressent. Il y a encore un instant, juste avant qu'il n'arrive, elle tremblait d'un seul désir : mettre sa tête sur son épaule. Rien d'autre.

Maintenant elle ne sait plus. Elle n'a pas osé s'asseoir près de lui. Elle attend.

– Tu voulais me parler ? lui dit-il calmement.

Elle ne trouve rien à répondre.

– Riad t'a peinée hier ? lui demande-t-il sans la quitter des yeux.

– Non… Enfin, je ne sais pas… Il a le droit de poser des questions. Il ne l'a jamais fait. Il a le droit.

– Tu sembles oublier l'âge qu'il a, Nora, l'âge que nous avons.

– Salim…

– Oui ?

– Une fois qu'on est mort, quel âge a-t-on ?

Salim a souri avec l'intention de clore le sujet. Léonore s'est animée :

– On perd son âge en perdant la vie… Tiens, je viens de penser qu'en arabe c'est le même mot qui dit l'âge et la vie, *al 'Omr…*

Salim a patienté avant de l'interrompre :

– Et que lui as-tu répondu ? Lui as-tu dit qu'il venait de naître quand… ?

– Non. Je pensais à toi.

– Je ne comprends pas ce que tu dis.

– Tu aurais pu être un grand écrivain, Salim. Tes lettres sont de toute beauté.

Il a lâché le bras du canapé et s'est laissé tomber en arrière en soupirant :

– Ce que tu es excessive parfois.

Elle a haussé les épaules avant d'ajouter :

– Il faut arriver à mourir sans cesser de vivre, Salim. Il faut arriver à…

– Nora, Nora, qu'est-ce que tu te racontes ? Il faut arriver, il ne faut pas arriver, ça ne veut rien dire. Quand on cesse de vivre, on meurt et c'est tout.

– Non ! Ce n'est pas comme ça.

– Bon, vas-y, je t'écoute.

– Pour nous qui ne croyons plus, la vie n'a de sens que si elle en a beaucoup plus. Je veux dire qu'il faut faire l'impossible.

– Toujours l'impossible…

– Oui, Salim, l'impossible. Aimer est impossible et c'est pourtant tout ce qu'il nous reste à faire… Regarde-nous, on a échoué et pourtant…

– Et pourtant ?

– Et pourtant nous sommes là, toi et moi ; moi privée d'une partie de mes yeux, toi rongé par l'arthrite, nous sommes là, et, en cet instant, en cet instant Salim, pendant que je te regarde, je préfère le présent au passé. Tu sais pourquoi ? Parce que l'approche de la fin, c'est l'approche de tout au même moment. Il n'y a plus qu'à vivre.

– Il y a longtemps que tu n'as pas lu *La Mort d'Ivan Ilitch*.

– Détrompe-toi. Je l'ai relu il y a peu.

– Ah… Tu t'en tiens donc à la dernière page. La lumière de la dernière seconde ! Tu as encore la foi, Léonora.

– La lumière, c'est autre chose.

– Qu'est-ce que c'est que la lumière pour toi ?
– Je ne sais pas. Qu'est-ce que tu dirais toi ?
– La lumière ? Comme ça… sans réfléchir… je dirais que la lumière est la seule rescapée de la région… Elle continue comme si de rien n'était. C'est le visage muet de la vie.
– Tu vois ?
– Non, je ne vois pas où tu veux en venir.
– Salim ?
– Oui ?
– Est-ce que je peux mettre ma tête sur ton épaule ?

Il s'est lentement levé, a fermé la porte, et il s'est assis, après elle, sur le canapé en tendant le bras. Elle n'osait qu'à moitié. Sa joue le frôlait. Il hésitait à la hisser jusqu'à son épaule. Ils étaient inconfortables. Elle a murmuré : « Je suis bien. » « Viens ici », lui a-t-il dit d'une voix qu'un étranger aurait trouvée indifférente. Il s'est légèrement baissé, elle a lové sa tête dans le creux qu'elle avait si longtemps boudé. Tout leur rappelait le passé, tout le leur rendait, le leur enlevait. Pour elle, la douceur et l'odeur ambrée de son cou, son bras descendu la soutenir, le bonheur infiltré par la peur, la conscience d'aimer tourmentée par celle d'avoir trahi. Pour lui, l'odeur d'amande de ses cheveux, sa poitrine abaissée par les ans, son front blanc qu'il caressait par touches à la frontière de ses yeux, le sentiment désarmé d'une tendresse sans désir. Ils sont restés ainsi, sans bouger. Seuls leurs doigts avaient droit à la peau l'un de l'autre, seul le bruit de leurs respirations avait celui de se faire entendre. Leur silence était trop heureux pour n'être pas un peu inquiet. Il fallait que rien ne puisse le rompre. Même leurs mémoires étaient passives. Ni elle ni lui ne provoquaient le passé, ils le laissaient faire comme s'ils étaient une fleur et lui un papillon. Ils savaient, seconde après seconde, qu'ils ne sauraient jamais l'expérience qu'ils en faisaient, mais quelque chose leur disait par moments qu'ils voyaient furtivement la même image et qu'il fallait pour la garder ne pas la retenir. Ce qui les rapprochait le plus, ce qui faisait pour eux deux de cet instant unique un rempart contre la mort, c'était précisément la conscience qu'ils en avaient. Non plus, comme dans le temps, sous une forme éclatante. Le contraire. La mort avait vieilli avec eux. Elle était en eux, entre eux, pliée à leur fatigue. Elle les éclairait d'une lumière sans soleil qui affaiblissait leurs désaccords. Leurs mots reposaient les uns sur les autres, comme reposaient leurs épaules, leurs bras, leurs jambes. Ils n'avaient plus besoin de bouger pour construire des liens. En elle et en lui se produisait un même sourire intérieur, tout près de leurs deux sexes calmes. Ils attendaient. Et leur attente n'était pas tournée vers l'avenir. C'était un temps arrêté qui ne demandait rien d'autre que lui-même. C'était une prière de durer. S'étaient-ils jamais aimés avec tant de force et de pudeur ? Soudain, n'ayant peut-être plus rien à se dire, plus rien à se cacher, leurs bouches se sont jointes. Ce fut longtemps une caresse avant d'être un baiser. Leurs lèvres étaient si douces qu'elles se tâtaient aussi lentement que possible. Un faible désir est entré dans leur calme avant de le rompre. Ils se sont laissé prendre timidement par cette poussée de fièvre qui leur venait de loin. Leurs corps l'ont reconnue, sentie monter du ventre à la tête. Ils se sont embrassés avec le souvenir du passé et le désir d'autre chose. L'été se mêlait à leur bonheur. Bien qu'habillés, ils étaient presque nus l'un pour l'autre. Elle a posé la main, puis les lèvres sur son sexe durci. C'était la même peau, la même douceur que tout à l'heure ses lèvres. Elle en aurait pleuré si elle n'avait pas été si concentrée et si grave. Il l'a brusquement renversée sur le dos et s'est étendu sur elle en prenant soin de poser une partie de son poids sur le divan. « Je ne suis pas trop lourd ? » a-t-il chuchoté en fourrant un baiser dans son oreille. Elle a retrouvé sa voix de jeune femme pour répondre en riant « non, non, j'adore ça ! ». Les bras refermés autour de son torse, elle serrait autant qu'elle pouvait, lâchant de tout petits cris, des ah ah ah qui semblaient dire « encore un effort, encore, et je pourrai croiser les mains sur ton dos ». Quand elle y est enfin arrivée, il l'a aidée, en retenant son souffle, à conserver sa victoire, puis l'a défaite d'un geste royal, renversant doucement leurs deux corps emmêlés sur le tapis persan. « Je t'aime, Salim », disait-elle en larmes, tandis qu'il se taisait de toutes ses forces en lui léchant les joues. Et comme elle ne pouvait s'arrêter de redire les mêmes mots, de refaire les mêmes larmes, il a tenté de la calmer comme un enfant, comme un bébé, chut chut chut, disait-il en caressant doucement la peau froissée de ses joues, chchchch. Elle s'est calmée. Leur désir endormi par l'amour attendait qu'un autre amour le réveille. Ils respiraient doucement le bonheur de pouvoir aussi bien le retrouver qu'y renoncer. « Je suis bien », disait-elle. « Moi aussi, je suis bien. » Ils s'écoutaient par tous les pores. Ils faisaient le même silence, le même bruit, savouraient chaque seconde de ces longues minutes où il ne se passait rien. « Le Liban », dit-elle, à voix très basse. « Quoi le Liban ? » demanda-t-il en posant les lèvres sur le bout de son nez. « Rien, rien… je ne sais plus, je ne sais plus, Salim, jamais je n'aurais cru. Je t'ai fait mal, tellement. Oui, oui, je t'ai fait mal, ne dis pas non, je sais, je sais mon amour, ne dis rien s'il te plaît, je vais me taire, je te promets, est-ce que je peux t'aimer toute seule sans que tu aies rien à faire ? Pourquoi tu ris ? Aïe, tu me fais mal, aïe, aïe, continue, aïe que je t'aime, aïe Salim. » Leur feu avait repris, ils étaient jeunes, ils étaient vieux, ils s'en moquaient. Leurs vies jouaient leurs corps au violon. Ils savaient l'un comme l'autre que ce morceau était le miracle d'une seule fois. Le savoir les rendait aussi prudents que fous.

Leur désir est monté si doucement, si longuement qu'au moment de jouir, elle d'abord, lui ensuite, ils eurent la sensation d'avoir poussé la mort dans le vide. Au retour du voyage, leurs regards intimidés se cherchaient, se fuyaient. Ils se croisaient à peine, se sauvaient sous les paupières. Salim s'endormit durant quelques minutes. Léonore en profita pour écouter attentivement sa respiration. Quelle différence entre avant et maintenant, se disait-elle. La tête posée sur son sein, la bouche ouverte, il faisait un bruit de chien caressé ou fatigué. Les deux. La pensée de son fils l'effraya. L'avait-elle jamais aimé comme elle aimait en cet instant son père ? « Tu dors ? » demanda Salim en se réveillant. Elle entra doucement une main dans ses cheveux et la promena d'une oreille à l'autre tout le temps qu'il lui fallut pour retenir ses larmes. Salim retrouvait sa voix avec de petites phrases ordinaires : « Tu vois que la séparation a des avantages. Il est beau ce tapis, je l'avais oublié, c'est dommage que tu n'aies pas connu ma grand-mère, tu l'aurais aimée… tiens, on dirait que ton petit os dans le cou a fondu… où est-il ? Ah le voici… le plafond tombe en ruine, Nora… rappelle-moi d'appeler le maçon demain… Déjà minuit », dit-il en regardant sa montre. « Tu ne veux pas dormir ici ? » lui dit-elle timidement. « Non », répondit-il en lui baisant plusieurs fois la main. Elle n'osa pas insister. Il partit sans ajouter un mot. Sans se retourner. Pour des raisons différentes, ils ne voulaient ni l'un ni l'autre traduire le bonheur qu'ils venaient de vivre en une attente d'autre chose.

VII

Le lendemain matin, Salim recevait un courriel de son frère Nabil :

Comment vas-tu ? Je m'inquiète. Je sais que tu n'as pas un sou hors du Liban. T'en sors-tu financièrement ? Laisse-moi t'envoyer trois cents euros par mois. Cela ne me privera de rien et pour vous, là-bas, cela fera une différence. Sois gentil d'accepter. Comment vois-tu l'avenir ? Comment expliques-tu que les gens acceptent cette ignominie sans broncher après être descendus par centaines de milliers dans les rues ? T'arrive-t-il de penser à vendre la maison et à venir t'installer en France ? Même bradée, elle vous apporterait de quoi assurer vos vieux jours. Nous t'embrassons Solange et moi.

Salut Nabil. L'avenir… Tu me poses une question que nous ne nous posons plus ici. Tout ce qui nous arrive est derrière nous. Même ce qui se prépare. La Syrie, le Liban. La région est mourante. Si nous étions encore jeunes, je t'aurais raconté, j'aurais essayé. Pour vivre, à présent, il n'y a plus qu'à vivre. Je veux dire à faiblir pour tenir. Le 4 août 2020 nous a vidés du peu qui restait. De Paris, tu parles d'espoir, de désespoir. Pour moi, ces deux notions n'ont plus de sens, elles ne m'apportent rien. Je préfère la nature. En ce moment, l'hésitation d'un moineau. Et la mer, l'indifférence de la mer. Il y a quarante ans, la destruction avait une histoire, elle se voyait, se décrivait. Elle était solide. Une maison s'écroulait ? ou même un quartier ? Le pays était assez petit pour contenir ses ruines, pour se raconter. Maintenant, tout est renversé. Liquide. Informe. Les populations se sont écoulées comme de l'eau d'une région, d'un pays, d'une baraque à l'autre. J'étais à la banque ce matin. Ils avaient l'habitude d'avoir affaire à un homme poli. Ils ne m'ont pas reconnu. J'ai explosé. La malheureuse qui a essuyé ma rage n'y était pour rien. Mais nous n'en pouvons plus, Nabil. L'arnaque est innommable. Ils t'accordent au compte-goutte et comme une faveur le centième de ton argent. Le reste, tout le reste est parti en fumée sans un mot. Rien. Tu veux que je te dise ? Nous sommes dans une merde noire. Je sais que tu n'aimes pas le mot, tant pis ! Il n'y en a pas d'autres. La merde ! Le Hezbollah écrase tout ce qui n'est pas lui. Et va savoir si derrière ce danger, il ne s'en cache pas un autre, bien pire. Va savoir si nous ne ferons pas bientôt appel à nos ennemis d'aujourd'hui pour nous protéger de Daech. Pendant ce temps, les chefs dévalisent le peuple, puis en rachètent chacun sa part. Le chiite des chiites, le maronite des maronites, le druze des druzes, le sunnite des sunnites… Les milliards qu'ils ont piqués dans les caisses retournent pour un quart ou un tiers à leurs ouailles. Quand c'est la moitié, ils appellent ça de la philanthropie. Leur maladie a poussé partout comme de l'herbe. Nous sommes tous contaminés. Prends mon cas ! J'ai rencontré hier deux criminels, pas des moindres, dans le hall de l'hôtel. Je ne te dis par leurs noms pour ne pas ouvrir un débat avec toi. L'un s'est précipité vers moi en hurlant que je lui manquais, que la vie sans moi n'était pas une vie. J'avais rencontré l'ordure en tout et pour tout deux fois dans un dîner. La femme de l'autre s'est écriée : « Salim Mawal, c'est incrrroyable ! Je disais hier à Bella, fais-moi rencontrrer ton cousin ! Et vous voilà ! » Que crois-tu que j'aie fait ? J'ai pris un verre au bar avec cette bande d'assassins. J'ai fait semblant que nous étions amis, que nous pensions pareil, que rien ne nous séparait, « pauvre pays, on ne méritait pas ça, un peuple comme le nôtre, si inventif, si fier, si brillant, le paradis que c'était, l'enfer que c'est devenu, ce n'est pas croyable, qui aurait pu l'imaginer ? etc. », tout le blabla que tu imagines, puis j'ai gagné le droit de retrouver ma chambre en couvrant de compliments la crétine sans nom qu'est l'amie de Bella.

Plus rien ne veut rien dire, Nabil. Nos têtes sont

saturées. Déjà, avant que le pays ne sombre, on ne voulait plus savoir ce qui se passait aux frontières. Qui avait fait quoi. Qui avait tué au chlore, qui avait décapité. L'horreur avait gagné son droit à la répétition. Puis l'inespéré est arrivé. Octobre 2019 : les rues bondées, la révolte, la solidarité, l'envie d'y croire. Et enfin, tout ce que tu sais : le dégoût, la nausée jusqu'à l'indifférence. Et cette maudite identité confessionnelle ! Hier encore, les gens n'en voulaient plus. Tu parles ! Elle est revenue ravager les esprits comme la dernière vague de la Covid. Pour la plupart des chrétiens, la peur est telle qu'ils ont renoncé à penser. Moi qui n'ai jamais dit « nous », il m'arrive de dire « nous les chrétiens » comme les autres. Quelle défaite, mon frère. Quelle défaite. Pour Riad, ce « nous » va de soi. Il apprend chaque jour un peu plus à haïr. Il n'est pas mauvais, loin de là, mais il veut se battre et, pour se battre, ne s'encombrer de rien. C'est cela, c'est cette ardeur aveugle qui m'épouvante. Quoi que je dise, mon fils est ailleurs, il n'entend pas. S'il prend les armes, si les maronites reprennent les armes, ce sera la répétition finale de leurs derniers jours. Les chrétiens de ce pays ont battu les records de l'arrogance imbécile. Inutile de te dire que cette phrase dans un salon d'Achrafieh me vaudrait une pluie d'injures.

Notre éducation m'aura servi à apprendre la politesse de l'impuissance ou l'inverse. C'est une calamité ! Chez toi, à Paris, les gens n'ont pas encore les moyens de comprendre la part de courage d'un certain renoncement. En voyant tout à l'heure au journal de 20 heures deux enfants se disputer un os de poulet dans les ordures, j'ai espéré, en vain, parvenir à pleurer. Je n'ai pas réussi. Et j'ai maudit l'instant où ce malheur m'a envahi. Les Libanais sont tous horrifiés par les mafieux, mais à quoi bon ? Le peuple est coupé en deux, en trois, chaque morceau rêvant la disparition de l'autre. J'évite les lieux publics. Je vais chez quelques amis, d'îlot en îlot. Les images du naufrage sur nos écrans d'ordinateur, nous les chassons comme des mouches, et nous nous envoyons, par iPad, les photos de nos bouquets, de nos rosiers. Celle des amandiers que tu trouveras en pièce jointe, je l'ai prise hier, après la pluie. J'habite comme tu sais à l'hôtel Madi, à deux pas du palais, chez notre ami Georges qui me rend gracieusement l'aide que je lui ai apportée dans le passé. La chambre 315 a une belle terrasse tournée vers la mer. Des oliviers et un massif de lavande me coupent des chambres voisines. Tu vois, je ne suis pas à plaindre. Ce confort sans objets me repose. À quoi bon les escaliers de marbre et les plafonds peints quand on a de l'arthrose et des ennuis d'argent ? Je n'ai plus besoin du palais. Tu me suggères de le vendre. Léonora aussi : elle me le demande un jour sur deux. Moi je lui demande d'y rester. Est-ce que je me leurre en voulant croire qu'elle y trouve encore un peu de son Italie ? Peut-être. Et moi ? Moi, je profite discrètement de la coïncidence entre la ruine du pays et la mienne. Je me dépose. Je suis allégé, Nabil. N'y vois pas que du cynisme. Je dois mes meilleurs moments à ceux qui, autour de moi, se battent pour un autre monde. Je les aide comme je peux. En les aimant, peut-être... Pourquoi l'avenir devrait-il être une affaire personnelle ? Je ne suis pas dans la mélancolie, je marche à petits pas sur les cordes raides du présent.

Je t'entends me dire : tu me balades pour ne pas me dire que tu aimes encore Léonore. Après tout ce qu'elle t'a fait ? Et je ris, je ris, avec toi, contre toi. Je ris. Écoute-moi. Disons que si Léonore venait à disparaître, je n'aurais plus de raison de vivre. Elle est malade, Léonore, c'est entendu. Mais nous aussi, Nabil, nous aussi nous sommes malades. La grande différence, c'est que nous le cachons, toi et moi. Nous tenons à vieillir comme il faut, avec toujours ce mot de la famille à la bouche : l'élégance. Nous ne nous ressemblons pas mais nous avons tous deux la même phobie des éclaboussures. C'est pour cela que tu as fui le pays, vingt ans déjà que tu n'y as pas mis les pieds ? et c'est pour cela que je n'y suis resté qu'en gardant mes distances. Même durant les combats ; même en voiture, j'écoutais Schubert ou Mozart, les vitres fermées. Léonore, elle, n'a que faire des apparences. Ce qui compte pour elle, c'est le courage. Et ce qui la mine, c'est de n'en avoir plus les moyens. Je n'ai jamais réussi à savoir l'idée qu'elle a de sa personne. Elle est tantôt grande à ses yeux, tantôt rien. Oui, je sais que tu la trouves prétentieuse. Elle est souvent prétentieuse, Léonore. Prétentieuse et de plus en plus vaine en vieillissant. Mais, comment te dire ? Même accablée, elle reste vivante. Ne t'impatiente pas, mon frère. Cette lettre ne m'étonne pas moins que toi. Je ne sais pas où je vais. Et alors ? Pour une fois. Quel sens cela aurait de m'arrêter en chemin ? Regarde ce qu'a fait notre père ! Il n'a pas bougé. À cinquante ans, il répétait en moins bien ce qu'il disait vingt ans plus tôt. Il n'était ni heureux ni malheureux, il était en panne. En bonne santé pour rien : droit comme un i, cravaté, les souliers cirés, son mouchoir à la boutonnière, il ne supportait pas un grain de poussière, pas un glaçon en trop ou en moins dans son verre de whisky. Il transportait la mort. Le jour où j'ai su qu'il trouvait son content de vie en couchant avec Alia qu'il appelait « la petite bonne chiite », je l'ai méprisé. Je l'ai haï, Nabil. Si au moins il avait montré qu'il l'aimait un peu. Tu te souviens comment il lui donnait des ordres à cette gamine, comment il ricanait de son accent de la Bekaa. De temps à autre, il lui concédait un sourire entendu, comme on donne un sucre à un chien. Et notre mère, que nous avons adorée, pourquoi a-t-elle tout accepté ? Les gens de notre milieu te diront que c'est ça la classe ! Si tu savais, Nabil, comme j'exècre cette bourgeoisie qui me colle à la peau ! Ma chambre d'hôtel a au moins le mérite de m'en éloigner physiquement. Elle me dispense du fauteuil où trônait notre père sous les portraits de ses aïeux. Tu sais ce que m'a appris Léonora ? Ne pas se lasser de bouger, d'essayer. Même à bout de forces, elle invente encore. Comment je le sais ? Je m'assieds parfois, dans le jardin, sous le grand platane, dans le coin où nous avions l'habitude toi et moi de jouer aux osselets. Elle quitte sa chambre et me rejoint à pas lents. Ses cheveux blancs accusent sa pâleur. Elle a le sourire résigné. Elle y tient à son sourire, elle y tient comme pour me dire ce que je viens de t'écrire, « nous sommes vaincus, mais ce n'est pas grave : nous ne sommes que nous ». Et elle cherche à me faire rire. Elle cherche et elle trouve avec ce mélange de distance et de rapidité qui brusquement la redresse et lui monte aux yeux. Elle ne sait pas que je sais ce qu'il lui en coûte. Elle s'emballe, comme une enfant qui peut tout, au prix d'une vieille femme qui ne peut plus. Elle y va, elle fonce avec une drôlerie qui l'amuse et l'épuise à la fois. Elle s'exagère, elle s'imite, elle se moque d'elle-même. Notre rire, Nabil, notre rire prend soudain comme un feu, il ne dure pas mais il est inoubliable, il brûle tout notre bois d'un coup, tout ce que nous savons, l'avant et l'après-guerre, tout ce qui s'est vécu dans cette grande maison vide du temps où elle était pleine, tout ce dont nous avons joui sans en savoir le prix et à quoi nous avons renoncé en haussant les épaules. Tout y passe : les vivants, les morts, les gouvernants, les religions, l'Orient, l'Occident, tout ce monde dégringole et s'effrite pêle-mêle. Puis vient le moment où Léonore s'inquiète d'être allée trop loin pour nous rapprocher un peu. Notre rire s'éteint. Son humour la quitte comme s'en va le désir après l'amour. Elle s'affaisse et nous nous séparons avec la certitude partagée d'avoir fait au mieux, de n'avoir pas mieux à faire. Tu sais quoi ? Je crois que notre amour est l'histoire d'une séparation impossible. N'est-ce pas mieux que l'inverse ?

P. S. Merci mon frère pour ta proposition financière qui me touche. Pour l'instant nous nous débrouillons.

Le lendemain matin, au réveil, il trouvait sur son écran cette longue réponse avec un seul mot pour objet, « Nous » :

Quoi te dire, mon frère ? J'ai les yeux embués. Ta lettre, je ne peux pas appeler ça un mail, ta lettre, Salim, je l'ai lue, relue. Tu ne m'avais jamais écrit, jamais parlé ainsi. Fallait-il que tout sombre pour que nous nous sentions si proches ? Oui, très proches, contrairement à ce que tu penses. Je suis parti il y a longtemps, c'est vrai, et alors ? Crois-tu que je ne me sois jamais senti chez moi en France ou ailleurs ? Nous n'avons été « chez nous » l'un et l'autre que du temps où nous n'y prêtions pas attention. Notre pays, c'était l'avant-guerre, le temps de l'évidence, la suffisance de notre bonne éducation, notre petit jardin à l'intérieur du grand, la mer, la montagne à portée de main. Les plafonds couverts de paysages, les toiles de grand-père le long de l'escalier de marbre, nos balades à cheval à Amhieh, nos samedis soir au centre-ville. Oncle Nagib était ministre. Papa régnait sur la Bekaa. (Ne crois pas que j'ignore les lignes que tu m'as écrites à son sujet. Je suis simplement incapable de te répondre.) Notre monde est fini. Il est vrai que nous l'avons vécu avec une certaine arrogance. Mais je suis moins sévère que toi. Avait-on conscience à l'époque de ce que nous avions ? On riait peu, à la maison. Mais quand on riait, tu te souviens ? Que j'ai aimé la fin de ta lettre, à propos. Léonore et toi dans le jardin. Tu crois que je n'aime pas ta femme. Détrompe-toi, Salim. Je lui en veux, c'est autre chose. Tu as eu des liaisons, toi aussi, c'est entendu, mais ce cinéaste, bon Dieu ! Comment voulais-tu que nous approuvions, Solange et moi ? N'oublie pas que Léonora, je l'ai connue avant toi quand elle était chez les Franciscaines. Et puis d'un coup, sœur Léonora renonce à la vie religieuse, très bien, vous décidez de vous marier, nous tombons des nues mais nous vous soutenons, ce n'était pas facile, pas du tout, maman, la malheureuse, n'en dormait plus la nuit, et que fait ton épouse, à peine son fils venait-il de naître ? Elle vous laisse tomber Riad et toi, en pleine guerre, pour aller rejoindre son amant aux quatre coins du monde. Comment voulais-tu,

Salim, comment voulais-tu que nous prenions bien la chose ? Ce qui me chiffonne, en deux mots, c'est que ta Léonora, avec ou sans le Christ, avec ou sans son Turc, elle a beau souffrir avec les autres, comme elle dit, elle souffre surtout avec elle-même. Alors oui, bien sûr, je te comprends quand tu me parles de son courage. Mais écoute-moi, je reste ton grand frère après tout, écoute-moi un peu : le courage, qu'est-ce que c'est ? Est-ce que c'est se jeter la tête la première là où il y a des coups à prendre ou est-ce la garder sur les épaules, la tête, la maintenir au frais et la sortir en bon état pour les jours difficiles ? Moi, je ne sais pas dire les choses à ta façon. Toi, tu aurais pu être un grand écrivain, je l'ai toujours pensé. Oncle Paul aussi le disait. Il disait : « Quand on reçoit une carte postale de Salim, on la retient par cœur. Quand on en reçoit une de Nabil, on a le choix entre bons baisers et je pense à vous. » Cela étant dit, regarde Léonore aujourd'hui, et regarde Solange. L'une a soixante-seize ans, l'autre plus de quatre-vingts. Explique-moi pourquoi l'une ne tient pas debout à midi alors que l'autre est fraîche et pimpante à huit heures du matin ? C'est vrai que Solange ne s'est pas usée à lire des livres qui empêchent de dormir, mais si tu voyais, quand j'ai un peu de fièvre, trente-sept et demi, même pas trente-huit, si tu voyais comme elle s'occupe de moi… Que veux-tu ? J'ai beau me dire chacun sa vie, chacun ses choix, j'aurais aimé te savoir chez toi, au palais, avec une femme comme les autres, aimante, attentive. Maman n'avait pas tort quand j'y repense : « Mieux vaut épouser une femme simple de son pays et de sa communauté qu'une étrangère exceptionnelle. » Tu me diras qu'un quart d'heure avec Léonore vaut mieux qu'une vie avec tante Azizé ! C'est vrai, pour être honnête. Tante Azizé, aux petits soins, du matin au soir, je n'ose pas imaginer. Tu vois qu'avec moi aussi, tu peux encore rire. Ah, j'allais oublier l'essentiel : le Liban. Mais non ! Si seulement je l'avais oublié, si seulement je le pouvais. La blessure est trop profonde. Vous n'avez plus d'espoir, Léonore et toi. Moi, si. Pas toujours mais souvent. Je me tourne vers Dieu pour apaiser mon angoisse, pour demander le sauvetage du pays. Et aussi, pour t'aider, mon frère.

VIII

Le passé de Salim et de Léonora entrait par les fenêtres comme du temps où, seconde après seconde, il fabriquait du présent. C'était la même histoire à jamais volatile, écrite, pensée, parlée par chacun chacune à tour de rôle. Tandis que Salim lisait sur écran la lettre de son frère, Léonore relisait, sa loupe à la main, la lettre de Semine :

Yaman a bu son thé d'un trait comme de la vodka, et il vous a décrite. Vous étiez vivante, claire, compliquée, prête au risque dans tous les domaines. Vous saviez oublier ce que vous donniez. Vous étiez intelligente, tellement intelligente. « Si tu savais, me disait-il, tout ce qu'elle pense me surprend, m'ouvre des portes. Elle m'excite physiquement, intellectuellement, elle m'excite, Semine, elle me rend fou. » Il était ivre. J'ai rétorqué : « Attention, Yaman, que son intelligence ne te fasse pas perdre la tienne ! » Il avait ri, tout en commandant un autre thé, des simits, et je ne sais quoi d'autre. Des noix, des amandes fraîches.

Vous m'êtes apparue par petits bouts, au rythme où il mangeait, épluchait ses amandes. Vous aviez « des yeux si verts qu'ils étaient gris ». Qu'est-ce que cela signifie ? avais-je demandé. Il n'avait pas répondu. Il vous cherchait en pianotant sur la table. Il disait que vous vous frottiez le nez après avoir ri. « Sur le visage d'une autre, ce nez busqué aurait juré, mais sur le sien… » Il avait même osé ajouter, avec le plus grand sérieux : « Son nez est exactement à sa place. » C'en était trop. « À quelle autre place pourrait-il être ? » avais-je répliqué. Il n'entendait rien. Il était possédé. Ah mon Dieu, quelle folie cette lettre. Je vous le disais en la commençant, le passé n'est jamais fini, il y a toujours de quoi en faire autre chose. C'est comme en couture, on rallonge là où il y a encore du tissu. En somme, je nous offre le cadeau que m'avait offert Yaman ce jour-là : sa confiance. Je me fais confiance, en vous faisant confiance. N'est-ce pas merveilleux ? Peut-être vous demandez-vous d'où me vient la maîtrise du français ? De l'école des Dames de Sion, à Istanbul. Cette langue, je l'ai apprise avec autant d'application que de plaisir. J'ai le sentiment, vous allez rire, qu'elle me remercie chaque fois que je m'en sers. À mon époque, une faute d'orthographe se payait cher. Me croiriez-vous si je vous disais que j'ai reçu, à l'âge de quinze ans, cent coups de règle sur la main droite pour avoir écrit prunelle avec un seul l et mésange avec un z ? Nous parlions parfois le français, Yaman et moi, quand nous ne voulions pas être compris de l'entourage. Mais lui l'avait appris à Galatasaray. C'était presque une autre langue. Vous disait-il aussi, « à moi, ne te fâche pas » ?

Léonore s'entend crier à voix basse « *pazzesco !* ». Elle essaye de comprendre ce qu'elle pense, la lettre dans sa main tremblante.

Chère Semine, votre lettre m'arrive au moment où... est-ce possible ? au moment où je découvre... On appelle cela la mémoire, mais non, je cherche un autre mot. Je pense à l'apparition d'un vol de cigognes. Vous êtes entrée dans ma mémoire comme un vol de cigognes. Je voudrais arriver à décrire cette soudaine beauté venue remuer le passé, le ramener par vagues et l'emporter ailleurs après l'avoir rendu inoubliable. Yaman... si vous saviez, mais vous savez, comme il m'a transportée. Et moi, je sais maintenant sa part de vous. Qu'elles sont illusoires les frontières entre une amour et l'autre...

À cette pensée, Léonore a repris sa loupe et sa lettre d'un geste impatient.

*Je vous ai vue, une fois, une seule, à l'entracte d'un concert à Sainte-Irène, dans les jardins de Topkapi. Vous souvenez-vous de cette nuit d'octobre 1979 ? Je croyais Yaman auprès de sa famille, en Suède. Son apparition, soudain, dans l'allée des vieux platanes, sa main sur votre épaule, vous portiez une robe noire, toute légère, décolletée dans le dos, il fredonnait l'*andantino *de la sonate de Schubert que* nous venions d'entendre, il vous embrassait dans le cou, s'éloignait, chantait, revenait, il était heureux, oh si heureux, et vous, vous vous penchiez, vous tourniez, les mains croisées dans le dos, votre rire vous emportait comme du vent, à droite à gauche, on aurait dit que vous aviez les pieds nus, vous aviez pourtant des escarpins à talons. Vos yeux n'étaient pas gris, pas du tout, ils étaient verts et ils vous suffisaient à peine, ils brûlaient d'amour, ils dévoraient Yaman et le paysage éclairé ce soir-là, du ciel au Bosphore, par une pleine lune orange. J'étais à deux pas, figée, une cigarette à la main, ne sachant que faire de moi au milieu de vous, de vous au milieu de moi. Je me suis cachée derrière un arbre et vous ai regardés encore un peu, avant de retrouver Mehmet, mon mari, qui plaidait auprès d'un ministre la sortie de prison d'un opposant. C'était la fin de l'entracte. À la dernière note du concert, les lumières étaient encore éteintes, vous vous êtes enfuis, main dans la main, comme un fantôme à deux têtes. J'ai ressenti, en vous voyant partir, ce trac inexplicable de l'émerveillement et de l'envie que nous donne, sur le moment, le sentiment de n'avoir pas assez vécu. Voilà, chère Léonora, ce que j'ai vu de vous.

Je savais par Yaman que vous aviez quitté Rome à l'âge de vingt ans. Vous viviez au Liban, votre mari était agronome et vous aviez un fils qui venait de naître. Quel âge a-t-il aujourd'hui ? Plus de quarante ans, sans doute. C'est par le film de Yaman – *Ayna* –

que j'ai su de quelle souffrance se payait votre bonheur. De quand date ce film ? De la fin des années quatre-vingt ? Je revois avec une netteté inquiétante le moment où la caméra s'attarde sur le visage d'Anna tandis que Dogan lui dit : « Pourquoi veux-tu que notre histoire finisse avant notre amour ? » Ils sont assis côte à côte, sur la banquette en bois qui longe la rambarde du vapeur en route vers Heybeli. L'image se déplace. La lumière est d'une beauté indécente. Les îles sont assoupies comme des bêtes. Anna reste un long moment silencieuse, puis elle dit à voix très basse : « Notre amour a été si loin, Dogan, si loin, nous ne savons plus le prendre sans demander davantage. J'en deviens méchante. Jalouse. Pour faire mieux, je ne vois plus que la mort. » Une heure après, elle est debout, sur la terrasse de leur chambre d'hôtel ; lui, étendu sur le lit. « Viens mon amour, lui dit-il en riant, viens, nous allons faire attendre la mort. » Leur plaisir est si profond et si lent. Puis elle se lève et se met à danser dans la chambre – un peu comme vous marchiez dans les jardins de Sainte-Irène. Lui, accablé, assis la tête dans les mains au bord du lit, murmure en turc sans qu'elle l'entende : « *Bu son olabilir* », c'est peut-être la fin. J'avais dit à Yaman : la chute de cette scène est un peu facile. « Tu me déçois », m'avait-il répondu sèchement. Il me parlait comme un frère avec le temps.

Essayez, chère Léonora, de ne pas m'en vouloir de m'être approchée de vous de si près. Je vous ai cherchée, en vain, le jour de l'enterrement. C'était il y a vingt ans. Votre absence ressemblait à la sienne. Moi, je marchais lentement, en silence, comme chacun. Je comprenais, à chaque pas, l'effort qui m'attendait. Le faire désormais rire et parler sans sa voix. Qu'il vous aimait, qu'il vous aimait, il applaudissait, comme un gamin, quand il trouvait ses mots pour le dire. Il m'est arrivé, pourquoi vous le cacher ? de le mettre en garde. Toi qui es si rigoureux, si pessimiste dans tes films, regarde-toi quand tu parles d'elle, tu en deviens ridicule ! Il m'avait répondu avec une douceur et une simplicité qui m'avaient fait rougir : si je ne l'avais tant aimée, si je n'avais été aussi heureux, si je n'avais tant souffert, ma vie aurait été ridicule.

Permettez que je vous embrasse. Semine Aksaray.

P.S. Des amis communs m'ont procuré votre adresse postale au Liban. Ils me disent que vous vivez dans un palais qui ressemble à un yali d'Istanbul. J'ose espérer que la beauté du lieu vous aide à supporter la malédiction qui pèse sur le pays. Sur notre région. Ici, en Turquie, les deux plus proches amis de mon fils sont en prison. Autant dire qu'être en liberté en ce moment ne signifie plus être libre.

IX

Dans le patio du jardin, pendant que Venise l'aidait à couper les têtes mortes des marguerites, Léonore a murmuré : « Mon fils me manque mais je ne tiens pas à le voir. Il a pour moi une haine que je suis incapable de soigner. Et un amour que je suis incapable de satisfaire. » Venise a rétorqué : « C'est curieux cette manière que vous avez tous les trois de ne pas vous supporter, de ne vous aimer qu'à distance. » Léonora a souri nerveusement. Tandis que Venise entamait la lecture de la première page d'une nouvelle de Tchekhov, elle l'a interrompue et lui a dit très doucement : « Nous avons été riches et nous avons été beaux, mais nous avons eu la guerre, Venise. Nous avons eu la guerre. » Elle répétait « la guerre ». Elle essayait d'en parler, elle n'y arrivait pas. Puis elle s'est animée : « Il n'y a pas eu que la guerre. Il y a eu avant. Il y a eu l'Église. » Et elle a brusquement ajouté : « Salim vous a-t-il dit que j'ai été religieuse ? » Venise a ri avant de faire semblant qu'elle l'ignorait. Léonora a fermé les yeux, s'est allongée sur une banquette couverte de coussins multicolores et s'est abandonnée à voix haute. Elle était petite fille, avec ses quatre frères, autour d'une grande table, dans leur vieil appartement de Rome. Un *attico* perché à l'angle de deux petites rues de Trastevere. Son père et sa mère allaient et venaient de sa mémoire à ses yeux. Elle se mordait la lèvre pour les faire exister. Lui l'ébéniste et elle le professeur de français, elle disait qu'ils s'aimaient tant bien que mal, se disputaient, croyaient en Dieu, chacun à sa manière. Lui, par principe, elle, par besoin. Il buvait trop, elle était mélancolique. Il adorait son unique fille, l'étouffait, la comblait. La maison était pleine de théâtres et de marionnettes qu'il fabriquait pour elle, à ses heures perdues. Il y avait aussi la Sainte Vierge, tous les saints, des croix de toutes les tailles, de toutes les couleurs, dont une en bois de rose, qui depuis ne l'a jamais quittée. Leur crèche de Noël était une nuit enchantée où coulait un vrai petit ruisseau. On y voyait toute la vie en une fois, arrêtée. Les hommes, les femmes, les enfants, les boulangers, les potiers, les paysans, les bouchers, les vendeurs d'œufs, les porteurs d'eau, les luthiers, tout ce monde immobile s'agitait paisiblement d'une maison allumée à l'autre. Sur des poulies transparentes, des anges rose et blanc dévalaient un ciel noir aux étoiles clignotantes. Dans une maison comme les autres, la Vierge portait son enfant dans ses bras. C'était le royaume de l'illusion, disait-elle, « le musée du bonheur. Un bonheur où la maladie et la mort ne pouvaient pas entrer ». Lorsque Antonio, son frère aîné, la voyait à genoux, en extase devant tant de douceur, il lui disait : « Fais attention, petite sœur, la vie est une autre chose. » Il l'emmenait à moto dans les environs de la via Appia, lui apprenait les noms des arbres, se moquait du curé qui couchait avec sa tante, la faisait rire. Puis elle a eu dix-sept ans et s'est trouvée brusquement au chevet d'Antonio atteint de la typhoïde. Sa mère qui en perdit la tête ne savait plus que pleurer. C'est elle, Léonora, qui recueillit le dernier souffle d'Antonio, tandis que son père suppliait Jésus, une bouteille à la main, dans la pièce d'à côté.

Elle s'est écriée : « La souffrance et la foi se sont abattues sur moi en même temps. Comprenez-moi, Venise, j'allais vers Dieu, je n'entrais pas dans les rangs. » Le jour de l'enterrement d'Antonio, l'église ronde de San Stefano s'est mise à tourner. Léonora a grimpé sur le manège et elle est montée au ciel avec son frère. Puis elle est rentrée à la maison, secrètement fiancée au Christ auquel son père ne savait pas parler.

Il y a des jours où Venise aime Léonore, d'autres où elle l'exaspère. Cette manière qu'elle a de mettre de l'intensité dans tout. Même dans l'inaction. Tout à l'heure, les mains agrippées à son siège, le regard dans le vide… elle attendait quelque chose. Un changement. Elle le voulait de toutes ses forces. Elle attendait de son inaction un miracle. Comme dans la crèche de son enfance. Venise a pensé : Que ferai-je, moi, quand j'aurai son âge ? Quand et comment une femme renonce-t-elle à être désirée ? Son désir l'abandonne-t-il en même temps que celui de l'autre ? Comment vit-on sans le désir ? Et l'Italie… ? Léonora vit-elle sans elle comme elle vit l'absence de Yaman ?

Salim est sans doute le seul à savoir que l'Italie n'a jamais quitté Léonora. Il sait qu'elle ne regarde pas un arbre, un tableau, un paysage, sans y penser. Du temps où elle allait s'asseoir dans les ruines de Baalbek, elle était encore à la Villa Adriana. À Damas ou à Alep, Venise et Palerme lui manquaient. Quand elle faisait tailler les pins du palais Mawal, elle pensait à la vue qu'on a de Rome depuis le jardin des orangers. Dans le port de Beyrouth, les autoroutes tournantes bordées de vieilles demeures la ramenaient à Gênes. Elle ne comparait pas, elle ne clivait pas : son passé se présentait à son présent comme un double. Partout, tout le temps, l'Italie était là. C'était son fantôme privé. Plus le Liban s'est défiguré, enlaidi, plus le fantôme lui a tenu lieu de consolation muette, assortie d'une pointe de condescendance et de pitié envers les Libanais encore capables de s'écrier : « Nous avons le plus beau pays du monde ! » Pourquoi donc Léonora a-t-elle quitté son pays ? Elle l'a quitté quand elle est entrée en religion. Rester n'était pas compatible, à ses yeux, avec l'effort que lui réclamait Dieu : son idée de Dieu. À Rome, plus encore qu'ailleurs, la beauté était indissociable du catholicisme, en contradiction avec la liberté et le sens de l'aventure qu'elle attachait à la prière. Quand elle cherchait le ciel, elle le trouvait à portée de main, quand elle priait, on priait pour elle. Pas seulement dans les églises où le Caravage et Michel-Ange rendaient le Christ si vivant qu'il devenait impossible de s'en détacher physiquement, de se le réinventer, mais aussi dans les petites églises aux icônes ordinaires. C'est dans les cloîtres de Rome que Léonora a conçu son départ. Là où les arbres et les pierres recueillaient son silence à ciel ouvert. Là où il lui était possible de voir le monde aller ailleurs. La lumière en Italie lui collait à la peau, l'enivrait comme un parfum. Dans un poème qu'elle avait écrit à seize ans, elle disait : « La lumière de Rome enveloppe tout ce qu'elle touche. Elle ravale le vide : elle l'empêche de se montrer. » Quand elle évoquait le *Cristo velato* de Sanmartino à Naples, elle disait : « Je vois la lumière de mon pays comme je vois ce voile qui couvre et découvre en même temps le visage androgyne du Christ mort. » La fusion de la religion et de la beauté ne laissait plus de place à l'invention dans sa vie. Il fallait qu'elle s'en éloigne pour voir autre chose. Rome l'étouffait. Elle l'adorait, oui, mais elle l'étouffait comme l'étouffait son père. Elle avait besoin de quitter ses murs. En réalité, elle a eu beau les éloigner, s'en éloigner, ils l'ont suivie partout. Rien que leurs couleurs. Les jaunes, les bruns, les roses, les verts, tous les tons d'automne, il ne se passe pas un jour, encore maintenant, où elle ne les voie passer dans un bouquet, un tapis, une tasse de thé. Un jour qu'elle se trouvait à Rome avec Salim, elle lui avait dit : « Regarde la ville, depuis la terrasse du Pincio, regarde ses terrasses, ses toits, ses ruines, ses coupoles, dis-moi comment, où, on peut retirer, ajouter quelque chose au tableau. » Voilà, outre la mort de son frère, une des raisons pour lesquelles Léonora a changé de pays. À Rome le rêve était écrit, peint, sculpté, achevé. Quand elle allait avec Yaman en Toscane ou en Ombrie, elle avait tout : le pays, l'amour, la beauté, il n'y avait plus de chemin à faire. Elle était au bout du bout de tout, comme là-haut, à Ravello, sur « la terrasse de l'infini ». Voilà pourquoi elle n'y est jamais retournée depuis. À présent que son monde s'est vidé de Dieu, elle se demande parfois si elle ne devrait pas s'y rendre une dernière fois. Retourner y voir, avant que la cécité ne l'en prive, les miracles dont sont capables les hommes pour se consoler de n'être pas Dieu.

L'amour dans l'absence… Léonora l'a conçu comme un renforcement de l'amour, comme un double, une seconde vie. Pas seulement l'Italie, ses parents, son enfance, mais tout ce qui demande à survivre au lendemain d'un départ. Il n'est pas de jour dans sa vie où elle ne se soit employée à animer l'absence, à transformer ce saut dans le vide en défi, en mise en demeure. Et pour finir, en demeure. En mémoire. Bien au-delà de l'Italie, elle a conçu l'absence comme un toit, comme un endroit pour aimer. Chaque fois qu'elle a quitté Yaman, à la porte d'un hôtel ou sur un quai de gare, elle l'a aussitôt retrouvé dans cette remise intérieure. C'est là qu'elle a planté ses mille et une vies invisibles. Son jardin d'images. Tantôt un regard, tantôt le bruit de son pas, le début d'un poème, tantôt son nom, juste son nom, elle l'appelait, si bien qu'il était encore là, pas vraiment mais presque. L'attente est une discipline qui, chez Léonora, tient autant du souvenir que de l'oubli. Elle travaille le temps, le retient, le contourne, le détraque. Quand le manque et la blessure l'emportent, elle les creuse puis les soigne avec des mots qui n'ont de sens que pour elle. Sa connaissance de la douleur est intimement liée à sa connaissance des autres, à cet accès qui embellit et empoisonne les vies : l'extrême empathie et l'impossible oubli de soi. Le silence et la musique l'assistent à tour de rôle. Le silence aimante l'absent, le fait exister, la musique le fait vivre. Dans ce monde sans corps, la pensée est hantée par le corps qui lui fait connaître ce qu'elle ne peut pas, ne pourra jamais. Et du même coup la porte au plus près de son désir qui s'installe comme du vent dans une pièce à la fenêtre ouverte. Alors la pensée, portée par son vent, court après l'amour et, dans l'élan, se raconte son retour avant sa venue. Mais aussi trébuche. Rencontre le vide qu'un instant plus tôt elle s'employait à meubler. Alors, elle souffre atrocement et l'accepte en se consolant d'être incapable d'indifférence. C'est encore ainsi que Léonore vit ses deux vies avec Salim à l'heure qu'il est. L'une avec lui, l'autre sans lui. Quand elle lit ses lettres d'il y a plus de trente ans, quand il est dans sa chambre d'hôtel, quand elle ne sait pas où il est, elle le fait entrer sous la voûte. Elle ne l'invente pas, elle l'aime à son insu, comme il est, comme s'ils pouvaient encore ce qu'ils avaient pu, comme s'ils ne pouvaient plus, comme s'ils s'étaient rencontrés pour toujours, comme s'ils allaient mourir demain. Peut-être le sait-elle, peut-être pas. Il y a une troublante constance, chez Léonore, dans sa manière d'aimer à la frontière imprécise de ce qui est, s'en va, revient. Un jour elle avait même écrit, « j'invente un mot : la présabsence ». Puis elle l'avait raturé. Elle le trouvait lourd, *pesante*, infidèle à la beauté de son contenu. Quand la mort de Yaman l'a écrasée, tuée, Salim a compris qu'il n'y avait rien à dire. Il a compris qu'une séparation les rapprocherait, la ramènerait à la vie, qu'il fallait inventer une autre histoire. Il a compris qu'elle ne survivrait que s'il l'aimait comme elle avait aimé l'Italie et Yaman : en présence de l'absence. À l'image de ce petit Liban qui perd pied mais que, jour après jour, la lumière ramène à la vie.

X

Il est bientôt minuit à Beyrouth. Venise déchire nerveusement les deux premières pages de son carnet bleu sur lesquelles elle vient d'écrire : « Dépression Mawal. Léonora et Salim s'épuisent à vivre une vie où il ne se passe rien. Je dois partir de cet endroit où tout est passé. Fini. À côté de la plaque. »

Elle couvre à présent une page toute blanche d'une écriture soignée :

Léonore m'a demandé cet après-midi de prendre une lettre en dictée. « Mon écriture est devenue illisible et mes yeux ne se font pas à l'écran de l'ordinateur. » Puis elle a éclaté de rire : « Quelle blague je suis ! J'ai commencé ma vie en me consacrant au service des autres et je la termine avec trois personnes à mon service ! » Je n'ai pas osé rire. D'ailleurs, je n'en avais pas envie. J'ai parfois honte d'être installée dans ce palais. Je n'arrive pas très bien à comprendre ces gens. Plus je m'approche d'eux, plus je les écoute, plus je m'interroge. Je ne sais pas comment dire. Ils ont l'air d'avoir perdu tout espoir et ils ont un avis sur tout. Ils ont beau ne plus être riches, ils sont totalement décalés par rapport aux pauvres. Quand je pense à mes parents, aux efforts qu'ils font tous les jours pour boucler le mois…

Pourquoi Léonore a-t-elle le pouvoir de m'intimider, parfois de m'écraser, parfois le contraire, de me donner envie de l'avoir pour mère ? Je la crois quand elle dit qu'elle aime deux hommes. Mais quelle trahison tout de même ! Quand je me suis levée, elle m'a vue caresser la petite table en bois de citronnier. Elle m'a aussitôt dit : « Vous aimez cette table, prenez-la, elle est à vous. » C'est bizarre cette manière de donner. C'est comme un coup de tête. Ils se ressemblent de ce point de vue, Salim et Léonore. On les sent prêts à se détacher de tout et en même temps ce n'est pas si simple… Ils sont très intéressés par eux-mêmes. J'ai parfois l'impression qu'ils sont dans un musée et qu'ils regardent leurs vies comme des tableaux. De près, puis de loin ; d'un œil extérieur et terriblement concerné. Comme s'ils vérifiaient leur passé. Comme s'ils avaient peur de le perdre avant de l'avoir transmis. Je me demande si ce n'est pas une obsession commune aux vaincus. Ils veulent bien reconnaître leur défaite, mais ils ne veulent pas renoncer au pouvoir de la rendre éclatante. C'est de l'orgueil bien sûr. Mais il y a autre chose… Je cherche à savoir quoi.

Voici la lettre que j'ai écrite pour Léonore. Elle ne voulait pas que j'aie recours à mon ordinateur :

Chère Semine, votre lettre m'a bouleversée. Nous n'avons pas ici ce que l'on trouve dans les yalis d'Istanbul : le tremblement de l'eau sur les murs. La mer remuée par la lumière. Quand le Bosphore entre dans les pièces et les transforme en miroirs. Vous lire m'a donné ce sentiment-là.

Je savais bien sûr votre existence. Yaman me disait : « Elle a un humour que nous n'aurons jamais, elle n'a pas besoin d'être prise au sérieux pour rire d'elle-même. » Je vous ai vue en photo, vous étiez plus mélancolique que je ne le pensais et vous étiez très belle, contrairement à ce que vous dites. La scène que vous décrivez dans les jardins de Topkapi m'a saisie. Vous m'avez restitué un moment de bonheur qui se confondait avec d'autres. J'aurais pu dire Chopin au lieu de Schubert, tilleuls au lieu de platanes, demi-lune au lieu de pleine lune. La part inoubliable de ma vie s'est brisée dans ma mémoire. Elle est dans tous les coins et elle est en miettes. Je sais l'heure, mais je ne sais plus l'année, je sais la trace de nos pas dans les jardins de Göteborg, nos mains croisées dans la poche de son manteau vert, le rouge vif de son écharpe et des érables, je ne sais plus quel âge avait mon fils à cette époque-là, je sais le poème que Yaman déclamait à mon bras sur le pont de Westminster, il me couvrait de son corps, nous étions penchés sur la Tamise, son poids sur mon dos, sa tête sur mon épaule, je ne sais plus si c'est alors qu'il m'a dit : « Nous vivrons ensemble, je ne peux plus vivre sans toi », je sais et je ne sais plus. Je sais qu'il lisait *Le Journal d'un fou* de Gogol à Venise, et moi, le *Gogol* de Nabokov, nos lectures s'opposaient, se complétaient, on s'étouffait de joie, de peur, il aimait m'entendre parler ma langue, j'aimais l'entendre essayer, s'en vouloir de ses fautes, recommencer. Comment faire la part de ce qui m'échappe et de ce que je ne veux pas savoir ? Ma mémoire peine à survivre et plus encore à s'éteindre. Je sais que nous nous sommes disputés à la sortie d'un film de Bergman, je criais : « C'est un génie, un génie ! », il me faisait taire, il était furieux : « Calme-toi, tu as l'air d'une folle », je ne sais plus si c'était *Sonate d'automne* ou *Scènes de la vie conjugale.* Il était si intelligent, si brillant, je ne sais pas si cet amour m'est tombé dessus ou si je l'ai voulu, décidé. J'adorais cette manière qu'il avait de secouer l'être blessé qu'il était. De se mettre au galop. Son sens de l'urgence, son appétit de vivre me bouleversaient. Nous faisions l'aller-retour de chaque instant, chaque film, chaque livre. Vous savez comme les rues changent dans les vieilles villes quand on marche dans un sens et puis dans l'autre. Que de fois j'ai quitté Beyrouth sous les bombes pour le retrouver, je ne savais plus qui se battait contre qui, tous les blessés dont je m'occupais se ressemblaient, il filmait en Anatolie les familles des prisonniers politiques alors que Tsahal envahissait le Liban, pourquoi nous sentions-nous si forts quand nous étions ensemble ? Je sais, ma chère Semine, que j'ai su aimer et vivre et je sais que je n'ai pas su, il y a dans ma tête un mouvement de pendule qui me donne et me reprend Yaman. Je n'avais plus que moi pour répondre de nous. Vous me l'avez rendu avec sa voix.

À ce stade de la lettre, dictée à toute allure, Léonore s'était levée et s'était mise à tourner en rond sur la terrasse. Elle tanguait.

– Pardonnez-moi, Venise, avait-elle dit. Auriez-vous la gentillesse de me relire ce que vous venez de taper ?

Quand la Française a eu fini de lire, les deux femmes se sont regardées, ahuries. L'une d'en avoir tant dit, l'autre de le réentendre avec sa voix.

– Saint Augustin disait qu'il savait ce qu'était le temps, mais que si on lui demandait de l'expliquer, il ne savait plus. L'amour, c'est pareil, avait ajouté Léonore. Savez-vous que la femme à qui j'écris est quelqu'un que je n'ai jamais vu ? C'était la première femme de Yaman.

Venise l'avait deviné, mais ne l'avait pas laissé voir.

– Oubliez cette lettre, Venise, déchirez-la. Sans compter… sans compter…

– Sans compter quoi ? avait demandé Venise.

– Ma vie est finie et j'aime deux hommes, Venise, un vivant et un mort.

Puis elle avait continué :

Chère Semine, où en étais-je ? Le passé tourne

autour de moi comme un chien qui attend quelque chose, mais quoi ? Je ne vois plus de commencement, plus de milieu, plus de fin, il y a cet animal agité et silencieux qui tourne, qui tourne. Se pourrait-il que ce soit toute la vie qui en cet instant se suffise à elle-même et trépigne ? Vous évoquez votre mari, Mehmet, vous ne me dites pas s'il est auprès de vous, si vous êtes entourée. La lettre que vous ne m'avez pas écrite est amorcée dans votre dernière ligne sur la liberté. On m'a parlé d'une femme en Turquie qui, face au choix de la prison ou de se taire, a choisi la prison pour « rester libre ». Que j'admire ce courage dont j'aurais été incapable. Qu'aurait fait, qu'aurait dit Yaman s'il vivait encore ? Se serait-il battu contre le régime, se serait-il exilé à jamais ?

Quand nous étions ensemble, je ne faisais pas que vivre avec lui, je le regardais vivre. Il le savait. La manière qu'il avait de chercher mon regard quand mon regard était ailleurs… Il ne reculait pas devant l'obstacle. Il n'était presque jamais content de lui, Yaman, mais quel charme il avait, quelle force de persuasion. « Vous savez ce que c'est que le charme, disait Camus, une manière de s'entendre répondre oui, sans avoir posé aucune question claire. » Tout Yaman est dans cette phrase. Une fois, à Istanbul justement, j'avais craqué, je voulais qu'on se quitte, nous étions dans un petit hôtel derrière Sainte-Sophie, où le rose du soir sur le rose des coupoles poussait la beauté au-delà de ce que nous pouvions en faire.

Nous étions débordés. Je lui disais, nos familles, les distances, les adieux, c'est trop dur, nous ne pouvons plus continuer comme ça. Il m'avait répondu le plus sérieusement du monde : « Tu me donnes ce dont je n'osais rêver, pourquoi ne me donnes-tu pas ce que je te demande ? » Je m'étais précipitée dans ses bras. Ce subtil dosage de sévérité et de désir que lui inspirait mon ironie me désarmait neuf fois sur dix. Pas toujours. Je n'étais pas facile, ma chère Semine, moi non plus. Pas facile du tout. Je l'étais de moins en moins avec les années.

Peut-être le savez-vous, peut-être pas ? J'ai été religieuse durant sept ans. On ne quitte pas le Christ sans une pointe d'irritation envers les humains. On prend de mauvaises habitudes à fréquenter un être aussi parfait qui ne vous veut que du bien, vous écoute à toute heure du jour et de la nuit. On a beau se répéter qu'il s'est sacrifié pour le salut de l'humanité, je peux vous dire d'expérience qu'au moment où je le priais, à genoux, je ne m'effaçais que pour mieux exister à ses yeux. Pour un peu, j'étais lui. Il le fallait bien, puisque sans moi, sans ma foi, il cessait d'exister. Qu'est-ce que la foi sinon une confiance démesurée en une conviction totalement arbitraire ? La foi, c'est se donner raison avant d'avoir prouvé. Ce travers m'est resté. Je m'en suis remise à mon intuition en quittant la religion. Je sentais au lieu de croire et ce que je sentais ne pouvait être que vrai puisque je le sentais si fort. Le christianisme avait exalté mon rapport à la douleur. Souffrir était devenu, à mon insu, la forme la plus aboutie du verbe sentir. Pardonnez-moi cette longue confidence, je suis, en cet instant, comme emportée par la découverte d'un sens qui ne m'était jamais apparu. En prenant le relais de ma passion pour le Christ, ma passion pour Yaman me réclamait un reste : le besoin d'absolu. Comme j'avais été élue par Dieu, j'étais désormais élue par l'amour. Je croyais qu'on pouvait tout donner : je donnais tout. Tout ce que je pouvais, tout ce que j'avais, je donnais trop. J'en oubliais mon fils. Comment vouliez-vous que Yaman n'y prenne pas goût ? Et comment vouliez-vous que je ne lui demande pas l'impossible en échange ? Avec le temps, notre amour a grandi et notre patience, au lieu de suivre, s'est insurgée. Nous voulions plus. Toujours plus. Et nous étions sur tous les fronts. Partout à la fois, par téléphone, par lettre, puis par fax. L'un avec l'autre et l'un sans l'autre. Moi au Liban en guerre, avec ma famille. Lui avec la sienne. Tantôt en tournage sur une île suédoise, tantôt au fin fond de l'Anatolie. La vie nous séparait ? Nous ne voulions rien entendre. Nous prenions l'avion, nous nous jetions dans les bras l'un de l'autre, nous recommencions. C'était toujours le même désir, jamais la même histoire. Un jour, oh ce jour-là ! quand j'y repense, pourquoi, comment ? je ne sais plus, il est venu à Beyrouth sans me prévenir. Il voulait me voir dans mon pays. Je dis « mon pays » car j'y suis très attachée, mais vous pensez bien que je m'y suis toujours sentie étrangère, eh bien voilà Yaman m'a appelée de l'hôtel et m'a annoncé triomphant : « Je suis à deux pas de chez toi. » Mon mari revenait de l'hôpital à la suite d'une grosse opération. Il avait pris l'écouteur de sa chambre à coucher. Je n'étais plus moi-même. Je ne savais plus où aller, quoi faire, quoi dire. Nos retrouvailles ce soir-là ont viré au cauchemar.

À ces mots, Léonore s'est levée en renversant la carafe d'eau. Elle était dans une telle colère que Venise n'a pas bougé. Elle a murmuré en essuyant la table du rebord de sa jupe :

– Je vais me reposer. Nous reprendrons cette lettre un autre jour. Merci de jeter la dernière page.

– Vous voulez dire ?

– Vous savez ce que je veux dire.

Elle n'a pas entendu Venise répliquer :

– Vous me décevez.

Il est vrai qu'elle n'était pas audible.

XI

Riad est revenu voir sa mère un mois plus tard. Ce jour-là, sur le trottoir encombré d'ordures, une enfant accostait les passants. Elle vendait des paquets de kleenex en répétant : « Donnez-moi quelque chose, même si ce n'est rien. » Il a plongé la main dans sa poche sans y trouver la pièce ou le billet qu'il s'apprêtait à déposer dans la petite main crasseuse. La semaine dernière, cette fillette de douze ans a été mariée de force, vendue cinq cents dollars, à un veuf de cinquante ans. L'épicier raconte que la nuit de noces a été un carnage. La mère de la petite est entrée dans la chambre avec un bâton pour qu'elle cesse de crier, de se débattre. L'homme a possédé l'enfant, comme il voulait, sous l'œil satisfait du couple qui l'avait faite. Marwa, c'est ainsi qu'elle s'appelle, a été transportée à l'aube aux urgences. Sa mère hurlait : « Vis ou meurs, mais ne nous fais pas d'histoires. » La petite a supplié le médecin de la laisser mourir. En vain. On ne la voit plus depuis.

Toutes les roses du jardin étaient ouvertes, lorsque Riad est entré au palais. Des centaines de boutons de gardénias commençaient à blanchir, une cascade de jasmin couvrait deux étages. Sari et Démi s'affairaient à la cuisine, pendant que Léonore déchiffrait à l'aide de sa loupe les nouvelles du jour. Dans un café du centre-ville, les propos d'un père de famille avaient été enregistrés par un voisin de table. Il disait que ses deux fils avaient été abusés par le prêtre du village qui maintenant le menaçait de mort s'il ouvrait la bouche. Le père indigné avait été arrêté.

Léonore s'est exclamée à l'arrivée de Riad :

– Regarde les mentalités de ce pays ! Enfermer un homme parce qu'il défend ses enfants contre un violeur !

Son fils a hurlé :

– Ah, ça suffit maman, ça suffit, tu ne vas pas recommencer ton cirque ! Ils ont bien fait de l'arrêter ! Ils ont très bien fait. Insulter l'Église au moment où elle est affaiblie, et puis quoi encore !

– Comment ça, et puis quoi encore ? Toute cette hypocrisie m'écœure… Dis-moi comment tu vas.

– Tu veux que je te dise, tu veux que je te dise comment je vais ? Je vais te le dire ! Moi, c'est ton hypocrisie qui m'écœure. Tes idées de gauche, tes caprices de bourgeoise, ta double vie, qu'est-ce que c'est, si ce n'est de l'hypocrisie ?

Elle a longuement respiré avant de reprendre la parole d'un ton neutre, sans émotion :

– La vie est double, Riad, elle est double comme la vérité, comme la lumière et son ombre, comme…

– Ah non ! Ah non, non, je ne suis plus prêt à écouter ton délire.

– Tu me hais.

– J'étais venu te demander de m'excuser pour la dernière fois, mais je n'en ai plus envie. Plus du tout.

– T'excuser de quoi ?

– Tu vois… Même cette manière que tu as d'être magnanime, je ne la supporte plus.

– Et si c'était de l'amour, Riad ?

– Non ! Ce n'est pas de l'amour ! C'est du pouvoir. Encore et toujours ce pouvoir que tu n'arrives pas à lâcher.

– Mais quel pouvoir ? Tu ne vois donc pas la loque que je suis devenue ?

– Rien que ce mot de loque ! Qu'est-ce que tu veux, qu'est-ce que tu attends, nom de Dieu ? L'admiration *et* la pitié ? Mais j'en ai marre de ton jeu, j'en ai marre ! Toi qui n'as cessé de me dire que tu n'aimais pas les victimes.

– Riad…

– Quoi encore ?

– Je n'ai pas su… mais je ne renoncerai pas…

– Le souvenir. Il me manque le souvenir d'un jour où tu m'aurais écouté au lieu de parler, maman.

Léonore s'est tue.

Riad a cogné trois fois du poing contre la porte avant de l'ouvrir. À Venise, il a lancé en partant :

– Vous devez avoir une sacrée image de la famille Mawal !

C'est au volant de sa voiture, à un feu rouge, qu'il a éclaté en sanglots, effaré par lui-même.

Les gens ne s'écoutent plus dans ce pays. Ils n'en ont plus la force, plus les moyens. Au mieux ils parlent à tour de rôle. Mais écouter, ils ne peuvent plus. Les mémoires sont trop pleines, le présent saturé. Salim et Léonore s'écoutent en silence. À distance. Ils ont appris que la pensée dite à voix haute fait souvent plus de mal que de bien. Il a, lui, une façon très particulière de ne lâcher sa phrase qu'après l'avoir retenue. Il semble chercher ses mots. En fait il ne les cherche pas, il les a sous la main, mais il les traite comme des choses instables que l'on pose de façon à ce qu'elles ne tombent pas. Il pense beaucoup plus vite qu'il ne parle. Riad, c'est l'inverse. Il écoute après coup. Sur le moment, les mots lui viennent par saccades. Il est agité par un conflit qu'il ne comprend pas. Il n'y a personne pour l'écouter au moment où il pourrait commencer à entendre. Contrairement à celle de son père, sa solitude est surpeuplée.

Démi, la femme de Sari, a besoin de parler, même quand elle n'a rien à dire. Elle vient d'entrer dans la cuisine où Sari nettoie une vitre. Tu m'as parlé ? lui dit-elle. Ah, j'ai cru que tu m'avais parlé. C'est à cause de la guerre. Pourquoi tu te fâches ? J'ai pas dit qu'il y avait la guerre, j'ai dit qu'elle va peut-être arriver. Mon amie Lili m'a dit ce matin : « Il faut en parler. » Moi, je pense que ce n'est pas nécessaire. Tant qu'il n'y a pas la guerre, il n'y a pas la guerre. C'est ça que je pense. Je ne lui ai pas dit pour ne pas l'énerver. Surtout qu'elle est chrétienne. Il paraît que c'est pas bon pour les chrétiens ce qui se passe en ce moment. Je lui ai dit : « Excuse-moi, Lili, mais il faut que je finisse le repassage. » En fait, j'avais fini le repassage. Mais je n'avais pas envie d'écouter les nouvelles. Tu la sens, toi, la guerre, Sari ? Moi, je ne la sens pas. Le fils Mawal, il la sent, je l'ai entendu hier, mais je ne comprenais pas tout. Il parlait au portable, avec quelqu'un d'important. Il a dit en anglais : « On a des armes mais on n'en a pas assez. » Puis il a parlé très vite en arabe, il n'était pas content. Après, comme tu sais, il a été voir sa mère. Ils étaient tous les deux bizarres, tu ne trouves pas ? Je ne comprenais pas ce qu'ils disaient. Toi, tu ne les aimes pas. Surtout Madame. Mais comment tu la regardes, parfois… Tu la regardes comme si elle était pas vieille, comme si elle était jeune et jolie. Si, je t'assure. Moi, ça m'est égal, mais parfois c'est dérangeant. Tu ne veux pas te pousser un peu, s'il te plaît ? Il faut que je sorte la marmite. Tout de même, Sari, ce qu'elle disait Lili tout à l'heure, c'est pas faux. Elle disait que les nouveaux tueurs, les gens de Daech, ils tuent dix fois pire que les autres. Ils font très peur, ces gens-là. C'est peut-être pour ça que j'ai crié l'autre nuit... Tu sais, je t'ai raconté, quand j'ai rêvé d'un homme qui n'avait pas de visage. Il voulait m'arracher le mien. Tu me disais, dors dors, il n'y a rien, mais j'arrivais pas. Après, tu as été gentil, tu t'es collé à moi. On est bien quand tu plies tes jambes dans mes jambes... C'est vrai qu'on se dispute parfois, tu profites que tu es plus intelligent que moi, mais tu trouves pas qu'on est plus normaux que les Mawal ? Nous, au moins, on couche ensemble et on aime ça. Lui, Monsieur Salim, je sais pas quoi penser de lui. Toi, tu crois qu'il joue au pauvre. Moi, je ne crois pas. Je pense que ce n'est pas un mensonge leur ruine. Je pense même qu'ils essayent de mourir tous les deux avant que ce soit fini. Je veux dire avant qu'ils aient plus d'argent. Plus du tout. En plus, il y a cette histoire de la guerre. Ils en ont déjà eu une. Ils en ont assez. Ça se comprend. Nous, on est musulmans. S'ils viennent jusqu'ici, je me couvrirai la tête et on leur montrera nos papiers. On cachera Madame Léonore quelque part. Où est-ce qu'on peut la cacher d'après toi ? Tu crois qu'il y a de la place dans le piano ? Je l'ai jamais ouvert, je ne sais pas comment on enlève le couvercle. Faudrait peut-être lui demander. On lui dira que c'est pour nettoyer la poussière. C'est pas la peine de lui faire peur si elle n'a pas peur. D'après moi, ils n'iront pas chercher dans le piano. Nous, on est là depuis longtemps et on n'a jamais regardé sous le couvercle. Et puis il y a l'autre. La Venise. Elle est chrétienne, elle aussi, non ? Je sais pas où on peut la cacher celle-là. On trouvera bien un coin. Elle est pas méchante, mais elle a des airs. Toi, ça ne te gêne pas. J'ai bien vu que ça ne te gêne pas. Vu qu'elle travaille ici, elle doit pas avoir plus d'argent que nous. Je me demande parfois ce qu'elle fabrique. Tous ses petits carnets, à quoi ils peuvent bien lui servir tous ses petits carnets ? Peut-être qu'elle a une raison. Je veux pas la juger. Mais moi ça ne me viendrait pas à l'idée. Les filles, je leur envoie des sms, comme tout le monde. Tu sais ce que je leur ai écrit hier ? Je leur ai écrit : « On va bien mais on est tristes sans vous. » Tu ne dis rien ? Où es-tu, Sari ? Tu n'es plus là ? Ah, il a dû partir pendant que je hachais les oignons. Il n'aime pas l'odeur des oignons. Il les aime quand ils sont cuits. Je vais faire des haricots à l'huile. Elle adore ça, Madame Léonore.

Léonore aussi, il lui arrive de parler seule. Elle ne fait pas de phrases, elle dit à voix haute des mots qui la soulagent et qui n'ont de sens que pour elle. Que la vieillesse est proche de la petite enfance. Dans l'une on apprend à perdre l'équilibre, dans l'autre on apprend à le trouver. Du temps où elle était religieuse, Léonora avait mis son corps en berne. Elle s'en souvient aujourd'hui comme de la vie d'une autre. Elle avait pour mère supérieure une femme un peu plus âgée qu'elle, dont elle n'avait jamais su quoi penser. Quand le téléphone a sonné tout à l'heure, il y avait plus de trente ans qu'elle n'avait pas eu de nouvelles de mère Suzanne. « Puis-je venir vous voir un moment, chère Léonora ? » lui a dit au bout du fil la voix très maîtrisée de celle qui inspirait la terreur aux uns, l'amour aux autres. Elle était belle et indéchiffrable cette religieuse aux yeux bleu marine, fille d'un officier de l'armée française venu au Liban avec le Mandat. Peu après sa sortie du couvent, une jeune amie de Léonore lui avait raconté que mère Suzanne l'avait traumatisée alors qu'elle avait treize ans : « Je venais d'avoir mes règles. Au prétexte de me consoler et de m'expliquer d'où venait le sang, elle m'a serrée contre elle et m'a caressée jusqu'à m'étouffer. J'ai découvert mon sexe et la peur en même temps. Dans une atmosphère de prison. Quand j'en ai parlé à mes parents, ils m'ont crié dessus : "Tu n'as pas honte d'inventer des histoires pareilles ?" Depuis j'ai pris la religion en horreur. »

Léonora ne peut s'empêcher d'y repenser avec une pointe d'effroi à l'instant où elle ouvre la porte à mère Suzanne, dont le visage, hormis les rides, est à peine changé.

Quel bel endroit ce palais !... Voilà, voilà, ne vous inquiétez pas, c'est que je ne suis pas habituée à des sièges aussi mous, je veux dire confortables, tout va bien, regardez... Non merci, ni thé ni café, ne vous dérangez pas. Chère Léonore, c'est le Seigneur qui m'a guidée jusqu'à vous. Depuis combien de temps ne nous sommes-nous pas vues ? Plus de quarante ans. On me dit que vous vivez recluse, de plus en plus seule. Comme c'est étrange. Vous voilà plus retirée du monde que moi ! Il est vrai que je ne quitte pas souvent le couvent, c'est ma première sortie depuis longtemps, mais il y a de la vie autour de moi, les sœurs, l'école, les élèves, leurs parents, même en période de vacances... En attendant de me faire remplacer, ce qui ne saurait tarder... Vous m'aviez dit lors de vos adieux à la communauté : « Sœur Suzanne, je n'ai plus la foi, je renonce aux ordres, mais je ne renonce pas à l'amour. » Vous aviez perdu la foi, moi, je la gardais, mais j'étais blessée. Le chagrin que me causait votre départ avait affaibli mes défenses. Je ne m'aimais pas comme je vous aimais. Je m'employais à le cacher, mais vous le saviez, n'est-ce pas ? Et vous ? Aimiez-vous votre prochain comme vous vous aimiez ? Peut-être vous aimiez-vous un peu plus ? Cette manière que vous aviez de passer en dernier, d'être à part, de faire comme si vous n'en saviez rien. Vous souriez... Le temps, depuis notre dernière rencontre, a tourné en spirale. La haine a parlé, de tous côtés, les milices chrétiennes se sont déchaînées, les musulmanes aussi, puis la guerre s'est arrêtée. À présent, le bateau coule. Les gens crèvent de faim. Je lis une pointe d'impatience sur votre visage. Vous avez raison. Je voulais vous dire autre chose. Voilà. Il y a six mois, une femme de votre âge a demandé à me voir, en citant votre nom. Elle s'appelle Angèle. Oui, c'est bien ça, Angèle Massa. Une ancienne prostituée de la place des Canons. Vous l'aviez aidée à quitter le métier. Elle s'était convertie à la couture puis elle avait rechuté. Vous vous êtes ensuite perdues de vue. « Mère Suzanne, m'a-t-elle dit, je cherche sœur Léonora. » Puis elle s'est reprise : « Je veux dire Madame Léonora. » J'ai essayé de comprendre. « Elle m'a aidée à vivre, a-t-elle poursuivi, je ne sais pas où elle est, dans quel pays. Est-elle retournée en Italie ? Je voudrais lui remettre quelque chose. » Elle parlait très lentement. En arabe, bien sûr. Puis elle a ajouté : « J'ai été comme Marie-Madeleine en bien pire. J'avais moins de clients pour la couture que pour le péché. Maintenant, c'est fini, je suis vieille. » Elle m'a tendu cette enveloppe et m'a demandé de lire. J'ai décliné tout en l'assurant que sa lettre vous parviendrait. Elle m'a dit, exaltée : « Lisez-la, je vous en supplie. C'est une lettre au Christ. » Je lui ai fait répéter. « Oui, oui, au Christ, disait-elle, peut-être que je n'aurais pas dû. » « Et pourquoi l'adressez-vous à Léonore ? » ai-je demandé. Savez-vous ce qu'elle m'a répondu ? « Parce que c'est elle qui m'a parlé de lui. C'est par elle que je l'ai rencontré. » Tenez, voici la lettre d'Angèle au Christ. Oh, je ne savais pas que vous aviez des problèmes de vue. Très bien, si vous souhaitez que je vous la lise. Elle est en arabe, mais vous verrez, c'est facile à comprendre. Je crois que cette malheureuse n'a plus toute sa tête.

Cher Jésus-Christ,

Je suis Angèle. Vous savez ce qu'il y a dans mon cœur. Vous me connaissez. Cette lettre est aussi pour Léonora. Dans le temps, elle disait : Dieu sait. Dieu comprend. J'ai vécu avec les images de vous, Seigneur Jésus-Christ, et de votre mère, la Vierge Marie. Mon père aussi s'appelait Joseph. Il nous battait mes sœurs et moi. Il nous en voulait de n'être pas des garçons. Maintenant, il est mort. Pardonnez-lui et pardonnez-moi, mon Dieu, parce que j'ai beaucoup péché. Mon corps est plein de souvenirs que j'arrive pas à effacer. J'avais besoin d'un père, j'ai pas eu, j'ai eu des hommes, plein d'hommes, surtout Abou Hadi qui était tout le temps là. Il m'apportait les clients, beaucoup de clients, et comme vous savez, il touchait l'argent. Il disait qu'il aimait me prendre après les autres, gratuit. Moi, j'aimais et je n'aimais pas. Il était dans ma chair, je n'arrivais pas à l'enlever. Parfois j'avais du plaisir à être sa chose. Il ne faut pas que je vous cache. Et il y avait la guerre. Je me disais : remercie le ciel d'avoir de quoi manger. La mère d'Abou Hadi me faisait très peur. Lui aussi avait peur d'elle. Elle riait quand je pleurais. Elle riait tellement qu'on se mettait à rire comme elle, pour qu'elle s'arrête. Elle s'arrêtait. Un jour, il m'a dit : je vais la tuer. Heureusement, elle est morte toute seule, avant qu'il fasse la bêtise. Quand je suis tombée enceinte, il y a trente-huit ans, il a dit : si cet enfant ne me ressemble pas, je n'en veux pas. Il l'a à peine regardé et il a dit : c'est pas le mien. Il l'a donné.

Je ne sais pas à qui. Il ne m'a jamais dit. Je priais la Vierge Marie de me le rendre, et je pensais : qu'est-ce qu'elle peut comprendre ? Elle est vierge. Elle ne peut pas comprendre. Mon malheur a tellement grandi que je rêvais tout le temps de mourir. Tout le temps. Sœur Léonora n'était plus là. Elle me manquait. Elle m'avait appris à coudre. Mais les doigts, ce n'est pas comme le sexe, ça ne rapporte pas beaucoup. Puis Abou Hadi m'a retrouvée. Je ne savais plus qui j'étais. Tu n'as pas besoin de savoir, tu es à moi, il m'a dit. Vous souvenez-vous, mon Dieu, du jour où sœur Léonora est partie en Italie, quand son deuxième frère est mort après le premier ? Quand elle est revenue, et qu'on a cotisé pour lui faire une messe ? Trente filles de Aïn el Mreisseh et du centre-ville ont laissé tomber les clients et elles sont venues. Elles ont chanté. C'était joli. On avait mis partout des fleurs blanches. Tout le monde pleurait des larmes d'amour. Ô comme je me souviens. J'avais demandé au curé s'il voulait coucher avec moi pour le remercier. Il avait dit non. Il m'avait fait de la peine. Il connaissait pas la vie. Il m'a dit : je me consacre à Dieu. J'ai dit : moi je suis obligée de vivre, je gagne avec mon corps et je vais à sainte Rita. Il m'a dit : n'oubliez pas le Christ notre sauveur. J'ai dit : pourquoi Dieu n'a pas sauvé l'humanité quand il l'a créée ? Excusez-moi, Jésus-Christ, mais c'est plus fort que moi, c'est comme ça dans ma tête. Pourquoi Dieu a-t-il eu besoin de vous sacrifier ? Pourquoi tant de souffrance ? Vous étiez lui et vous étiez son fils ? J'accepte mais je ne comprends pas. Je suis de la famille Massa.

Ma mère est musulmane et mon père est chrétien. Je ne sens pas l'amour. Même pas la haine. Dans le temps, je sentais. Maintenant, Abou Hadi est mort. Parfois ça me repose, parfois il me manque. Je suis fatiguée. Léonora ne m'a pas dit qu'elle ne croyait plus en vous. J'ai deviné. Elle a changé. Elle a dit : ne m'appelez plus ma sœur, appelez-moi Léonora. Après, elle s'est mariée. J'ai jamais vu son mari. Elle m'a aidée. J'ai besoin de la remercier. Si vous êtes Dieu, dites-lui, mon Dieu, dites à Léonora, Jésus-Christ Notre Seigneur, que vous êtes Dieu. Angèle.

Vous pleurez, Léonora ?… Non, ne vous excusez pas. Peut-être n'aurais-je pas dû… Vous me dites qu'Angèle est bonne et qu'elle a toute sa tête, je veux bien vous croire, mais en êtes-vous si sûre ?… Voulez-vous que je lui transmette un message ?… Vous n'avez pas besoin de me répondre tout de suite. Comment ? Vous me demandez de lui mentir ? Eh bien, puisque vous insistez, je lui dirai que vous avez retrouvé la foi. Je lui dirai. Oh, mon Dieu, il est dix-huit heures. Il faut que je m'en aille.

Les cris d'un marchand ambulant parviennent jusqu'au petit salon où Léonore parle en silence avec elle-même :

Angèle… Angèle… Elle était si jeune. Et son rire. Mon Dieu, son rire ! Il était si vulgaire et si courageux. Elle riait sans joie. Elle avait envie de rire. L'envie de faire comme s'il y avait de quoi. Elle ne comptait pas, ce qui comptait pour elle, c'était… je ne sais pas ce que c'était. Abou Hadi ne pouvait pas se passer d'elle. Il n'y avait pas que l'argent. Sans elle, il n'était rien. Elle était tout pour lui. Les yeux de mère Suzanne… je les voyais mal tout à l'heure, mais tout de même, ce regard tendu. Cette femme a employé sa vie à ne rien laisser voir. Comment disait Valéry ? « L'intelligence, cette petite chose à la surface de nous-mêmes. » Un jour, au réfectoire, quelqu'un avait posé la question : « Mon père a la maladie d'Alzheimer. Quand il sera mort, lequel montera au ciel, celui qui avait sa tête ou l'autre ? » Mère Suzanne avait répondu du tac au tac : « Les deux ! » J'étais soufflée. Moi j'aurais dit le premier, celui qui avait sa tête. Et j'aurais pensé le second. J'étais déjà envahie par le doute à cette époque-là. Je ne croyais plus à la résurrection. Je croyais un peu aux miracles par goût de l'impossible. Par envie de fuir. Quelle heure est-il ? Venise ne devrait plus tarder. Où peut-il bien être, le fils d'Angèle ? Où peut-il bien être ?

XII

Salim est seul dans le jardin, une rose couchée sur ses genoux. Tiens, les feuilles du tilleul sont encore vertes, se dit-il. Pas vraiment vertes. Il n'en reste plus beaucoup. Ce tout petit son de la feuille qui se détache et qui tombe… Et les autres qui suivent. Il n'y a pas de raison. Il n'y a ni vent, ni oiseaux. Elles descendent avec une telle lenteur, un tel repos. C'est comme si la mort arrivait sans que rien n'arrive.

Elle est comme le pays, Léonore. Détruite, et par endroits si jeune. Depuis combien de temps n'avions-nous pas osé ? De quoi avions-nous peur ? Qu'elle était belle après l'amour. Est-ce trop tard pour nous ? Oui… trop tard. Trop tard pour le Liban, trop tard pour une vraie paix. Mais que signifie être à l'heure ? Qui est jamais à l'heure ? Je ne sais pas… Pourquoi ai-je perdu le goût de sa peau ? L'ai-je vraiment perdu ? Que serais-je sans ton sourire, Léonore ? Si seulement tu te voyais sourire. La lumière, tout de même. La lumière, en cet instant, quelle merveille.

La précision des ombres. Celle du grand palmier sur le mur. Elle est tellement plus précise, tellement plus forte que lui. Pourquoi est-elle plus forte que lui ? Parce qu'elle ne repose que sur elle-même ? Parce qu'elle va disparaître ? Elle excite mon désir, cette ombre. Mon désir de quoi ? D'un monde qui continue et qui, comme Léonore l'autre nuit, ne me demande rien ? Ou le contraire ? D'un monde qui s'arrête et me demande quelque chose ? Mais quoi ? Léonore dit : la beauté me donne le trac. Elle dit : ça me brûle tellement c'est beau. Ce qu'elle est pénible quand elle entre en colère et se regarde sombrer. Elle en rajoute toujours Léonore. J'aime ce jardin qui n'a plus de raison d'être là. Tous ces orangers pleins d'oranges que je pourrais cueillir par dizaines si je prenais la peine de me lever. Et le bruit de la fontaine, cette musique sans musique. Ce rythme parfait. À peine capricieux. C'est peut-être cela ma prière. Mon reste de Dieu. Ai-je jamais senti une rose comme je sens celle que je tiens à la main ? Je ne crois pas. Et les pins, ah nos pins, nos pins… Comme elle a eu raison de les tailler à la romaine. Quand était-ce ? Il y a quarante ans ? Je l'entends encore : « Tu verras, tu verras, ils monteront au ciel. Les troncs seront des colonnes ornées de grands nuages verts. » Je m'étais moqué. Elle a tout de même réussi. Chacun est seul et quel bel ensemble. Celui du milieu qui monte en V plus haut que le toit. Comme il attrape la lumière. La lumière… Ils auront beau s'en prendre aux vies, aux maisons, au paysage, contre elle ils ne peuvent rien. Il n'y a plus qu'elle d'inatteignable dans cette région. Dieu que la lumière était belle à l'aube sur les ruines de Palmyre. Oublier Palmyre. Oublier Alep et Saint-Siméon. Oublier Amhieh, les jaunes et les bleus du printemps, nos terrasses cultivées à perte de vue. Assez de nostalgie, dirait Riad. Oui, oui, en finir, il a raison, mais tout de même, qu'est-ce que la fin de la nostalgie ? À quoi rime une vie dont on ne se souvient pas ? Qui disait qu'il vient un moment où le rejet de la nostalgie, c'est le rejet de la vie ? C'est Léonore. J'avais haussé les épaules. Mais avait-elle tort ? Une ville disparaît. Une autre se dresse. En un quart d'heure. Et après ? Et le temps de faire un jardin, de faire pousser les troncs, les branches, où le prend-on ? Tu sais quoi, Riad, j'ai la nostalgie, oui, oui, j'ai la nostalgie, je la revendique et je vous emmerde, j'ai la nostalgie du temps où le temps passait sans qu'on s'en mêle. Comme la lumière en ce moment. Et si je devais à mon malheur le peu de joie qui me reste ? Ces arbres, du temps où nous étions heureux, je ne les aurais pas vus. Pas comme ça. Plus le pays sombre, mieux je vois. On va vite quand la vie est pleine. On ne se dit pas que les rosiers sans roses sont encore des rosiers. On les ignore. Le présent, l'instant, qu'est-ce que c'est ? Ce sont ces ombres, cette lumière, le bruit des arbres, de la fontaine, le travail des fourmis, le repos de mes jambes, mais cet instant, cette vie-là, sans passé, sans présent, qu'est-ce que c'est ? Ce n'est rien, ce ne serait qu'une image, n'est-ce pas, Venise ? Je pense à vous Venise. Ce petit vent que j'ajoute au calme du jardin, qui remue le passé, l'éloigne, le remplace, c'est vous, chère Venise. C'est votre voix chaude entrée dans ma caverne. C'est toi que j'imagine doucement, que je tutoie et que j'embrasse, à ton insu, c'est mon droit de te rêver, de poser mes lèvres sur les tiennes, de te découvrir en même temps que mon peu d'avenir. Sais-tu que je pense à toi ? Comment le saurais-tu ? Tu crées le temps de cet instant, Venise, tu me donnes du présent. Ce n'est pas pour rien qu'un présent est un cadeau. L'autre instant, celui qui efface l'instant d'avant, qu'est-ce que c'est ? Léonore dit qu'il y a plusieurs vies et plusieurs morts dans toute vie. On peut dire la même chose du présent. Il y en a plusieurs dans chaque instant. Celui qu'on fabrique et celui dont on ne fait rien. Maintenant que le vase du temps est plein, il faut faire en sorte que les nouvelles tiges soient toutes fines. Il faut qu'elles soient supérieures. Il faut qu'elles se glissent parmi les autres comme des anges. Comme vous, Venise. À quoi sert un paysage où rien ne tremble ? Sans yeux pour être vu. Cette manie de faire le propre à chaque seconde. Un peu de passé, vous permettez ? Non, non, interdit, ce qui compte c'est l'instant. Une bombe après l'autre, seconde après seconde. Même les morts ne sont plus ce qu'ils étaient. S'ils sont d'hier, ils ont déjà vieilli. Ils ne sont plus. Et les affamés et le pays dans tout ça ? Je n'en sais rien après tout. Riad a peut-être raison. Que voulions-nous pour finir ? Nous voulions la paix. Nous étions riches sans ignorer les pauvres, ça me suffisait. Léonore, c'est une autre histoire. Elle voulait toujours plus, elle voulait vivre, vivre. Elle était prête à se détruire pour vivre. Vivre. Quel verbe. Je ne dis pas être en vie. Je dis vivre. J'ai connu ça quand j'ai planté mes vignes. L'apparition des premières feuilles. La peur du gel. La joie. Tout poussait, tout bougeait. Les chrétiens, les musulmans, c'était la même histoire. Je courais, je dirigeais. Je montais à cheval. On reconnaissait le bruit de mes pas. On disait : « C'est lui. » Puis tout s'est effondré. Mais c'est idiot, c'est idiot, ce que je raconte. J'étais bien avec le palmier et son ombre, j'étais bien avec vous Venise. Vous me manquez Venise. Que pense-t-elle de moi cette enfant ? Ah, voilà Sari qui arrive, il m'a entendu rire, il va penser, « il est plus fou que sa femme, le vieux Salim ». Je vais lui parler. J'attends qu'il dépose le plateau. Est-ce qu'il va voir, est-ce qu'il va regarder l'ombre du palmier ? Non. Il regarde la fontaine. Il doit penser qu'il a oublié de la nettoyer. Il est bête. Rien n'est plus beau que cette mousse qui moisit entre les pierres. Bonsoir, Sari. Voulez-vous vous asseoir avec moi un moment ? Si, si, j'insiste. Dites-moi, comment allez-vous ? Avez-vous vu la lumière ? Pourquoi me fixez-vous ainsi ? Je vous fais peur ? Eh bien alors, si je ne vous fais pas peur, calmez-vous et regardez. Vous l'avez vue ?

Là-bas, contre le mur. L'ombre du grand palmier, voyons ! La tige noire avec sa tête d'Indien contre le volet, mais non, mais non, je ne vous parle pas d'un Indien, je vous parle du palmier. Que dites-vous ? Comment ? Pourquoi voulez-vous que je rentre ? Vous n'y pensez pas ! Laisser tomber une lumière pareille à la dernière minute, mais ce serait un crime, Sari, ce serait un crime...

Sari est reparti en haussant les épaules. Si encore il m'avait dit : « Regardez le palmier. » Mais non, il faut toujours qu'il fasse le malin. Qu'il dise autrement. Le grand portail est ouvert, Monsieur ne veut pas. Il entre par la petite grille en écartant les branches. Surtout ne les taillez pas, qu'il me dit. Et ça c'est quand il parle ! Le reste du temps, il se tait, il me regarde de haut. De haut ou d'en bas ? Je ne sais pas, son regard n'est jamais droit. Cette façon qu'il a de me faire sentir que je ne peux pas comprendre. *La tige noire avec sa tête d'Indien.* C'est quoi ce baratin ? J'aurais peut-être dû insister. J'aurais dû le ramener de force chez Léonore. Un whisky, la télé, un feu de cheminée, voilà ce qu'il lui faut. Ça rime à quoi de fixer la lumière dans le vide ? Quand le soleil se lève, je veux bien. Mais rester en tête à tête avec l'ombre d'un palmier, c'est malade. Pourquoi il va pas causer dans le salon avec sa femme ? C'est quoi leur tragédie ? J'aime pas ce pays où chacun n'en fait qu'à sa tête. Le Liban, à quoi il sert, pour finir ? Ni les Libanais ne s'occupent de leur pays ni leur pays ne s'occupe d'eux. Il faut dire qu'avec tout ce qu'on leur a mis sur le dos. Si ça se trouve, il y a plus de non-Libanais que de Libanais dans ce pays. J'arrive pas à comprendre à qui est ce pays pour finir ! Quel rapport entre Salim Mawal et Hassan Nasrallah ? Les Libanais, on dirait qu'ils ont tous été faits exprès pour pas se ressembler. En fait, ils se ressemblent par paquets qui n'ont rien à voir les uns avec les autres. Alors que nous, aux Philippines, c'est clair au premier coup d'œil qu'on est tous philippins. Quand un Suédois débarque à Manille, on ne se demande pas s'il est philippin. Au Liban, si ! On se pose la question. C'est dingue ce pays. Et puis, on a beau être musulmans, Démi et moi, y a personne pour le croire. Les Libanais sont si occupés à faire la différence entre eux qu'ils ne la font plus avec les autres.

XIII

D'un pas lent et décontracté, Riad est allé retrouver Salim dans le jardin. À la vue de son père, sa voix l'a trahi :

Venise m'a dit que je te trouverais ici. Non, merci, pas de chaise, je suis bien sur cette pierre. C'est tout de même inouï votre histoire ! Toi, seul sous le tilleul, et maman, seule dans sa chambre, c'est du délire ! Elle a fait un effort pour me recevoir. Elle était joliment coiffée, mais j'ai bien vu qu'elle était épuisée. Même sa tasse de thé, elle avait beau la tenir à deux mains, elle n'y arrivait pas. Elle disait que c'était l'émotion de me voir, qu'il ne fallait pas s'inquiéter. Je vais lui envoyer un acupuncteur chinois de passage à Beyrouth. C'est la première fois qu'elle me dit : « C'est comme tu voudras. » Elle ne m'a jamais dit : « C'est comme tu voudras. » Jamais. Tu veux me dire pourquoi ? Pourquoi a-t-elle toujours attendu que je sois quelqu'un d'autre ? Je sais, tu n'aimes pas que je parle d'elle sur ce ton. Mais j'en ai assez de me censurer. J'en ai ma claque. Est-ce que maman est plus heureuse depuis que tu es parti ? Réponds-moi. Tout va de travers au palais. Pourquoi ne fais-tu pas comme tout le monde ? Pourquoi ne pas vivre chez toi, avec ta femme, et si tu as une maîtresse, la rencontrer à l'hôtel ? Je ne comprends pas. À quoi ça rime d'entrer comme un voleur par la porte du jardin ? Sais-tu ce qui se passe dans le pays ? Sais-tu que nous sommes menacés de disparaître, nous les chrétiens ? De disparaître ! Tu m'entends ? Qu'est-ce que tu espères ? Que les Américains et les Français viendront nous sauver lorsque les barbares nous donneront cinq minutes pour devenir musulmans ou pour foutre le camp ? Tu crois que tes amis sunnites lèveront le petit doigt ? Tu me dis que oui, moi je te dis que non. Ni les sunnites, ni les chiites. C'est chacun pour soi maintenant. Et cette salope de Bella, tu sais ce qu'elle a dit de nous dans un dîner ? Elle a dit : « Les Mawal gouvernaient le pays depuis leur palais, maintenant ils ne gouvernent plus ni le palais, ni eux-mêmes. » Tu hausses les épaules. Vous êtes indifférents au qu'en-dira-t-on, maman et toi. Pas moi, figure-toi ! J'ai du travail, des affaires, des gens à ménager. Même le patriarche, qu'est-ce que tu crois ? J'étais chez lui hier soir. Je veux l'aider, je veux qu'il puisse compter sur moi. Ne t'inquiète pas, il n'a pas de temps à perdre avec nos histoires de famille, mais tout de même, si les choses étaient dans l'ordre, nous aurions pu mettre l'étage du bas à sa disposition. Nous aurions pu tenir des réunions au palais. L'idée te stupéfie. Je ne vois pas pourquoi. La montre tourne. Nous sommes en danger. Je ne veux pas que survivre, moi, je veux me battre. Tu m'entends ? Je suis un maronite prêt à se battre… Au fait, j'ai vu l'état des murs et des plafonds à l'intérieur, j'en ai parlé avec maman, il faut s'en occuper. Tu soupires ! Tu n'es pas d'accord. Elle, au moins, elle n'a pas dit non. Et comment faites-vous, si tu n'as plus le sou, pour payer les Philippins et la Française ? Ah oui, j'ai vu que le Böcklin a été décroché. La toile que je préférais. Il ne vous est pas venu à l'idée de me demander mon avis. J'espère que tu l'as bien vendu, au moins ! Je n'aime pas cette manière que vous avez de baisser les bras tous les deux.

XIV

Hier, Venise a déposé du courrier à Salim, à l'hôtel. Il discutait dans le hall avec un homme très content de lui qui se servait de son ventre pour parler. Il se poussait en avant sans changer de place. Elle le voyait gonfler au fur et à mesure que sa voix emplissait la pièce. Ne comprenant rien de ce qu'il disait, elle pouvait l'observer tranquillement. Il avait les mains posées autour de lui comme une ménine sur son jupon. Il y avait à peine un filet de regard entre ses paupières et ses joues qui remuaient en même temps. Ses yeux se voyaient tout de même de temps à autre. Ils étaient repus. Les mots fusaient de sa bouche, en averse, puis revenaient deux par deux – *hay hiyé, ma fi chi tané* – pour signifier « c'est comme ça et pas autrement ». Cet homme baignait dans sa chair, dans son bruit. Il flottait. Quand il a éclaté de rire sous le regard méprisant et figé de Salim, Venise a vu toute la maladie du Liban d'un coup. L'homme à la cravate moirée gouvernait le pays, l'homme à la mâchoire crispée était le reste distingué d'un monde fini. Les deux hommes se sont quittés en gardant leurs distances, sans se serrer la main. On eût dit que la Corona avait été conçue, pour leur faciliter la vie. Zaram a tourné la tête avant de grimper dans la voiture noire où l'attendait son chauffeur. Le corps à moitié engouffré, il a montré un sourire éclatant qui a échappé à Salim. Il y avait plusieurs sourires dans ce sourire. Il s'y trouvait même une pointe de pitié. Mais elle n'a duré qu'un fragment de seconde. La crapule l'a aussitôt recouverte de son air satisfait. De quoi est fait ce pays qui n'est réductible ni à la vulgarité de l'un, ni au mutisme de l'autre ? s'est demandé Venise. Elle a eu un début de réponse en allant marcher avec Salim le long de la corniche.

– C'est lui l'avocat qui vous menace ?

– C'est lui, a répondu Salim en indiquant du doigt une vague sur le point de tomber. Vite, vite, regardez !

La mer s'est écrasée contre un rocher pendant que Salim levait les bras, enthousiaste. Elle ne l'avait jamais vu comme ça.

– Vous avez entendu ? Vous avez entendu cette explosion du silence ?

Il a rougi, comme un enfant, s'est excusé :

– Ne prêtez pas attention à mes bêtises, racontez-moi, comment allez-vous ?

– Ah non, a-t-elle dit, c'est à moi de vous poser la question. Cet homme, tout à l'heure, je l'ai trouvé grotesque.

– C'est l'avocat d'une banque qui me réclame le palais. Ne vous inquiétez pas. Il fera patienter la banque si je lui sucre les poches.

Elle était indignée. Il a ri.

– Allons, Venise, vous savez bien que vous êtes ici dans une jungle où plus rien ne tient. Regardez ce couple et son bébé. On voit à la manière dont l'homme a balancé la boîte de lait vide et dont la femme secoue le biberon, on voit qu'ils s'inquiètent de n'en avoir plus assez pour ce soir. Ils ont peut-être une solution en tête, peut-être pas. Ils poursuivent leur promenade tranquillement. Comme les autres. Et ce vieillard assis par terre qui a posé sa boîte à l'envers... vous savez pourquoi elle est à l'envers ? Parce qu'il ne sait pas mendier. C'est la première fois. Regardez. Je vais être cruel un instant. Vous allez voir.

Salim s'est dirigé vers le vieil homme accroupi et a glissé un billet entre ses doigts croisés. Une minute, deux minutes plus tard, l'homme n'avait pas encore pris connaissance du montant.

– Vous voyez ? Il ne dort pas et il n'a pas l'air fou. Il a oublié qu'il mendie. Il est en vie, comme on fait un devoir. C'est comme ça depuis le 4 août. Les exclus se fichent du spectacle. Ils regardent tantôt le sol, tantôt le ciel. Ils font tout ce qu'ils peuvent et quand ce qu'ils font ne sert plus à rien, ils s'en remettent à Dieu...

Venise l'a interrompu :

– Mais Salim, ils s'en remettent à Dieu avant même de commencer. C'est peut-être même une des raisons pour lesquelles tout foire !

– Vous avez raison et vous avez tort, Venise. Dieu est partout, tout le temps, c'est vrai. Mais dites-moi, comment faire sans Dieu quand rien ne marche ? Comment feriez-vous, comment ferais-je sans Dieu si nous n'avions pas un monde de rechange ? Les livres, la musique, le goût extravagant de la beauté, le sens de la tragédie… Allez savoir si nous ne nous prenons pas un peu pour Dieu vous et moi chaque fois que nous essayons de nous hisser au-dessus de la mêlée ! Cette manière qu'ont les pauvres de convoquer Dieu à toutes les phrases, de tout remettre entre ses mains, de dire merci mon Dieu à l'annonce d'une catastrophe, à l'article de la mort, c'est exaspérant et c'est admirable.

Elle n'a rien dit, mais il a bien vu qu'elle était sceptique.

– Allez faire comprendre à vos compatriotes que dans cette région en miettes Dieu est pour la plupart des gens le seul moyen de supporter l'impuissance !

– Mais enfin, c'est bien avant le naufrage que les têtes se sont résignées… L'impuissance est un résultat.

– Dieu n'est qu'un mot, Venise, son contenu change au fil des ans, au fil des siècles… C'est une invention comme la musique. Il est tantôt le souffle qui participe à l'entreprise humaine, tantôt celui qui occupe et remplace son vide.

Elle n'écoutait plus que d'une oreille. Elle s'ennuyait.

– Au-delà de l'Orient et de l'Occident, a-t-elle dit, ce masculin attribué à Dieu, tout de même…

Elle le grondait du regard. Il a ri et il l'a touchée pour la première fois. À peine. Mais sa main dans son cou… le passage éclair de sa paume… Cette seconde a déclenché en elle une émotion aussi forte qu'un désir longuement voulu, attendu. Elle cherchait par tous les moyens à l'apaiser pour continuer à marcher du même pas. Elle ne savait pas s'il voyait, s'il feignait de ne pas voir.

– Le Liban change de mains, Venise, lui a-t-il dit au moment de la quitter. Ses anciens propriétaires ne veulent pas le savoir. Les nouveaux font semblant d'attendre.

– Et vous ? lui a-t-elle demandé.

– Je suis un ancien propriétaire lucide, a-t-il répliqué en riant, disposé à céder la place, mais debout ! a-t-il ajouté en levant le doigt. Debout.

Elle riait avec lui, un peu gênée d'adopter sa défaite de si bon cœur. Elle était amoureuse.

XV

– Tu as changé d'accent, Venise, lui a dit sa mère au téléphone. Tu traînailles en parlant. Je ne te reconnais plus. Tu es comme envoûtée. Ton père s'inquiète. Il va jusqu'à me dire : « Elle n'est tout de même pas entrée dans une secte, notre Venise ? »

Assise à son bureau, Venise écoute à moitié. Elle regarde par la fenêtre ouverte un écureuil sauter à toute allure de branche en branche puis s'arrêter comme s'il avait oublié quelque chose. Elle se sent jolie, elle se sent vivante. Si ses parents savaient. S'ils savaient comme elle en avait assez des allers-retours à Asnières. Enseigner Baudelaire et Proust à des jeunes qui s'en fichent, corriger les copies dans le métro, compter les stations, découvrir le monde sur Instagram... Ouf... rien que d'y songer. Elle écoute sa mère et elle écoute la voix de Salim lui disant : « Le Liban change de mains, Venise. » Sa manière de dire Venise, en creusant dans le e et le i... Pourquoi ce vieil homme a-t-il le pouvoir de la faire trembler d'émotion et d'impatience ? Elle ne se pose pas la question. Elle tremble et fait tout ce qu'elle peut pour que ça ne se voie pas. Elle aime cette façon qu'a Salim de n'avoir rien à gagner, rien à perdre. Pourquoi ? Parce qu'il a beaucoup reçu ? Parce qu'il a tout perdu ? Elle ne sait pas. Elle sait qu'elle ne veut pas finir comme son père. Cette pensée lui inspire une bouffée de tendresse coupable. Quand l'un de ses passagers lui avait demandé : « Qu'auriez-vous aimé faire si vous n'aviez été chauffeur de taxi ? » et qu'il lui avait répondu : « J'aurais aimé être conduit », elle en aurait pleuré. Elle l'entend lui demander : « Qu'est-ce qu'il y a ma petite fille ? Je n'aurais pas dû lui dire ? », et répéter : « C'est pourtant la vérité, j'aurais aimé être conduit. »

Après lui avoir donné des nouvelles de ses cousins, sa mère au bout du fil lui demande si elle l'entend.

– Oui, maman, je t'entends, ne vous inquiétez pas. C'est dur autour de moi, c'est vrai. Mais moi...

Elle s'est arrêtée net.

– Qu'est-ce qu'il y a ? Tu es amoureuse ?

– Oh non, maman, je suis simplement bien.

– Comment fais-tu pour être bien dans un pays qui va si mal ? On a vu hier à la télévision des centaines de misérables. Des cadavres, des rescapés hagards. J'en suis encore toute retournée.

Venise était sortie la veille au soir dans une boîte du centre-ville, le Happy Hell. Sur le point de raconter à sa mère, elle se ravise :

– Tu as raison, maman, le Liban va très mal. J'ai honte d'être si privilégiée. Beaucoup de copains ont dû interrompre leurs études faute de moyens.

Une coupure d'électricité a interrompu la ligne. Ses parents savent que le pays est dans le noir vingt heures sur vingt-quatre. Ils ne s'inquiéteront pas. Elle leur écrira tout à l'heure un message pour les embrasser.

C'était sa première sortie depuis des mois. Les lieux publics avaient été fermés durant la propagation du virus. Cette vie-là, curieusement, ne lui manquait pas. On ne vit pas impunément en vase clos au palais Mawal. Venise s'était fait une maison à l'intérieur de la maison : elle y avait sa chambre bien sûr, mais aussi son coin lecture sous le haut plafond bleu pâle de la bibliothèque qu'elle voyait comme un morceau de ciel rayé de poutres blanches. Elle avait son silence qui n'était pas le même que celui de Léonore. Le sien était sans souvenirs, neuf comme un livre qui n'a pas encore été lu, parfois interrompu par le bruit d'un pas qui s'entendait, se taisait, s'entendait à nouveau, selon qu'il se trouvait sur un tapis ou sur un carreau de marbre. Elle reconnaissait celui de Léonore à sa lenteur régulière et à son léger boitement qui rendait une seconde plus sonore que l'autre. Au fond, s'était-elle dit, je suis ici dans un couvent où on ne prie pas. Elle oubliait Sari et Démi qui priaient à l'étage du haut.

Venise était parmi les plus âgés hier soir. Beaucoup avaient moins de trente ans. Au début, ils étaient cinq, à l'arrivée, seize. Elle avait ressenti le vertige que l'on a parfois au retour d'un long voyage en mer. Elle avait le mal de terre. Ils faisaient tous le même bruit. Ils parlaient fort. La plupart des couples s'étaient formés avant de se rencontrer – sur des sites. Ils se faisaient rire, pour un rien, en arabe, en français, en anglais. Ils étaient presque pareils. Beaucoup étaient de passage. Les conversations allaient, venaient, d'une capitale à l'autre, Dubaï, Doha, Riyad, Mascate, Koweit. Ils se faisaient des compliments, échangeaient des adresses, insultaient les gouvernants, se plaignaient du million et demi de réfugiés, de la pauvreté, des embouteillages, de la laideur. Les téléphones portables occupaient toutes les mains. Pour un oui, pour un non, une photo, un WhatsApp, un renseignement. La musique faisait moins de musique que de bruit. Elle avait eu envie de fuir. C'est en parlant avec Samia, puis avec Fred, que tout avait changé. Samia travaillait pour une ONG dans des camps de la Bekaa. Elle disait : « Il n'y a pas que la misère des réfugiés. Il y a la pourriture que produit cette misère. Tout est mangé de l'intérieur. Les hommes sont humiliés de ne pas pouvoir travailler, ils battent leurs femmes. Les femmes et les enfants travaillent pour deux dollars par jour. Des filles de treize, quatorze ans sont mariées de force à des fortunes du Golfe qui les abandonnent un an plus tard sur le bord de la route avec leur bébé. Le cheikh qui fait puis défait les mariages empoche deux commissions, une à l'aller, une au retour. Je vous parle des réfugiés. Les Libanais, si je vous disais… Un père m'a montré hier la lettre de son fils qui vient de se tuer. "Pardonne-moi, père, mais je préfère mourir une fois que mourir tous les jours." »

Venise avait été frappée par le contraste entre la finesse de cette jeune femme et la grossièreté de son compagnon qui n'écoutait que lui. Contrairement à ce dernier, Fred était une découverte. Un génie. Fils de plombier, il s'était fait tout seul à force de petits boulots. Il était ingénieur, il parlait six langues, étudiait la philo, jouait du oud, avait une voix de baryton… Elle avait du mal à y croire. Il avait chanté pour elle, il l'avait fait sans se faire prier. Un air de Leporello. Elle était soufflée, il riait en lui racontant sa vie, il riait de lui, il riait de tout, il dessinait des villes sur les serviettes en papier, elle lui avait arraché *in extremis* Marrakech qui allait finir en boule dans un cendrier. Il disait : « Le Liban existera tant qu'il y aura des Libanais. » « Est-ce un vrai pays ou pas ? » avait-elle renchéri. « Vrai ou pas, quelle importance ? » lui avait-il répondu en lui resservant à boire.

Les Mawal, soudain, lui avaient semblé irréels. Ils étaient l'île d'une mer déserte. Ils pâlissaient au fur et à mesure qu'elle pensait à eux. Et pourtant, leurs voix l'habitaient avec une force troublante. Ils lui manquaient. Surtout Salim. Elle est rentrée sur la pointe des pieds. Ce n'était pas le bruit de ses pas sur le marbre qu'elle voulait étouffer, c'était le bruit du Happy Hell, le bruit du pays. Chaque fois que Venise comprend quelque chose au Liban, elle doit recommencer.

XVI

Cette nuit-là, on aurait dit qu'il y avait du vent dans la chambre de Léonore. Pourtant, toutes les fenêtres étaient fermées. C'était sa respiration. Son agitation. Elle parlait par vagues. Venise écoutait à la porte. Elle répétait le nom d'Angèle. Puis a suivi un long silence. Il était trois heures du matin. Elle n'osait pas entrer. Elle a attendu. Léonora délirait. Elle disait : « *Devo fare qualcosa.* » Alors la jeune femme a doucement frappé à sa porte. Elle est entrée en chuchotant son nom.

– Quoi ? a répondu l'Italienne d'une voix exténuée. Que faites-vous là ?

Venise a bafouillé :

– Je suis inquiète.

Elle a allumé sa lampe de chevet et elle a vu le regard de Léonora s'animer puis se vider avec une tristesse infinie. Elle essayait de sourire. La lumière électrique, bien que faible, l'éclairait terriblement. Elle avait le visage si hagard, son désir de sourire était déchirant.

– Vous voulez me dire quelque chose ?

– Oui, a répondu Venise, fermement. Acceptez de voir un médecin. Vous ne pouvez pas continuer ainsi.

– Faites-moi confiance, Venise, faites-moi confiance. Votre générosité... oh mon Dieu, je vous en demande trop, mais à qui d'autre ? Ma tête ne me répond plus. À quoi aurait ressemblé ce naufrage avec l'aide de Dieu ? Il m'arrive de croiser les mains et de prier son absence. Comprenez-moi. C'est moi que je prie. Je me prie de me libérer. De faire encore ce que je peux faire. Yaman m'avait offert un foulard qui s'était déchiré avec le temps. Je m'obstinais à le porter en cachant les trous. Une broche le tenait, de telle sorte que j'étais seule à le savoir en lambeaux. C'est ce que je fais à présent avec les mots. Mes phrases ont l'air en bon état. Il n'en est rien. Qu'est-ce que l'amour, ma chère Venise ? Vous pensez bien que Yaman ne m'a pas aimée pour ma beauté. Toutes les femmes autour de lui étaient plus belles que moi. Ce qu'il aimait, c'était cette manière que j'avais... je ne sais pas. J'ai perdu ma bonté. Et pourtant, je peux encore essayer, je peux encore, j'aime encore. J'aime Salim. Faites-moi confiance, dites-leur de me faire confiance, et retournez dormir, je vous en prie.

Venise a attendu un instant :

– Ce n'est pas votre cerveau, ce sont vos poumons qui respirent mal. Laissez-moi faire venir un médecin.

– Allez dormir, Venise, j'ai besoin d'être seule, votre sollicitude me perd.

– Non, c'est votre orgueil qui vous perd.

– L'orgueil, l'orgueil, a soupiré Léonora, si j'en avais encore, serais-je là à m'épancher...

– Une seconde, lui a dit Venise sans réfléchir, vous avez un long poil blanc sous le menton.

Elle a attrapé le poil à deux doigts et l'a arraché d'un coup. Puis elle a éteint la lumière.

– Vous commencez à me comprendre, a dit gentiment Léonora, maintenant allez dormir.

Léonore est partie sans prévenir hier matin. Elle a laissé un mot : « Ne vous inquiétez pas. J'ai une affaire à régler. Serai de retour dans quelques jours. » Venise a hésité à parler. Elle a simplement dit à Salim que Léonore avait passé une nuit agitée. Il ne quitte plus le palais depuis son départ. Il tourne en rond. Riad s'est enfermé deux heures dans la chambre de sa mère. Sari a vu qu'il avait ouvert son coffre.

– Le fils a lu les lettres du Turc, a-t-il dit à Démi en ricanant. Il en a même fourré un paquet dans la poche intérieure de sa veste. Garder les traces de la honte au lieu de les brûler ? Cette femme aime le malheur.

Venise a répondu :

– Non, elle aime l'amour qui est parfois synonyme de malheur.

Il a hurlé de rire.

– Tu lis trop de romans, ma petite Venise.

Elle a soupiré :

– Je me demande si elle n'a pas été voir sa famille à Rome. Ce qu'il en reste. Un frère, des neveux.

– Ne croyez pas cela, a dit Salim. Je lui ai proposé, il y a peu, un voyage en Italie. Elle n'en voulait pas. Elle m'a simplement répondu... Elle m'a répondu...

À ces mots, il s'est laissé pleurer sans un bruit. Venise a eu envie de lui dire qu'elle l'aimait. Il a posé la main sur son bras.

– Ne vous inquiétez pas.

Puis il s'est concentré et il a ajouté d'une voix très neutre :

– Ne vous sentez-vous pas trop seule ici ? Pourquoi n'iriez-vous pas vous changer un peu les idées à Paris ?

– Oh non, a-t-elle répondu sans réfléchir.

Il s'est mis à rire. Ce n'était pas un rire amusé, ni méchant. C'était comme s'il avait chaud ou froid, comme s'il frissonnait. Il se frottait les bras, tirait sur son col, s'en voulait de rire et d'avoir pleuré. Il se voûtait, rapetissait au fur et à mesure. Il avait l'air d'un gamin caché derrière un rideau. Son cou avait lâché comme un ressort. Tout en lui s'effondrait, même ses longues jambes croisées qui un instant plus tôt arpentaient le palais d'un pas souverain. Elles tombaient d'un côté, sa tête de l'autre.

– Ne restez pas trop longtemps au Liban, Venise, a-t-il répété en essayant faiblement de se redresser. C'est un pays dangereux, c'est une maladie. L'insécurité, ce n'est rien ! Je veux parler d'autre chose... Mais que ferions-nous sans vous ?

Il parlait pour ne plus rire, pour ne plus pleurer. Il dévorait la jeune femme des yeux comme s'il venait de la découvrir, comme s'il devait urgemment se lever, agir, faire quelque chose. Et il ne bougeait pas. Il avait l'air d'un fou. Il disait :

– Regardez ce plafond, ces verts, ce rose pâle ! Vous avez vu ce rose ? Seigneur ! Que de vie, que de mort dans cette pièce.

Elle se disait, cet homme est plus dangereux pour toi que le pays. Si tu fais l'amour avec lui, une fois deux fois, tu ne sauras pas comment te retirer. Sans compter qu'il ne se plaindra pas. Puis il a dit :

– Et si c'était ça, le Liban ? Une chose finie qui dure encore, tiens, Léonore a mis le Bosphore près du portrait de mon grand-père. Elle est jolie cette peinture sur verre, je l'avais oubliée. Un cadeau de Yaman, sans doute… Elle a dû vous parler de son intelligence. Elle est un peu ridicule, Léonore, quand elle parle de l'intelligence. Elle croit que c'est le bout du monde. Elle pousse des cris, elle frétille… Elle a toujours souffert d'une certaine confusion mentale. Mais Dieu, que je l'ai aimée. Oubliez, oubliez. Que voulais-je vous dire à propos ? Ah oui, je vous disais que le Liban était dangereux. Savez-vous pourquoi ? Parce qu'il est saturé et survolté. On ne sait pas changer de vitesse dans ce pays. On ne sait ni attendre ni se séparer. Mettez dix Libanais ensemble et regardez : de deux choses l'une, soit ils fusionnent et ne font plus qu'un, soit ils se font la guerre. Prenez-les un par un, c'est le contraire, chacun compte pour dix. Vous êtes effarée. Vous ne comprenez pas. Vous avez raison.

Dépitée, elle a haussé les épaules en répliquant :

– Vous ne m'apprenez rien.

Il s'est brusquement levé en s'écriant, ravi :

– J'aime quand vous me parlez sur ce ton !

Ils étaient à deux pas l'un de l'autre. Ils ont pris peur. Les bras tendus de Salim vers Venise se sont aussitôt rétractés. Elle a vu ses mains hésiter, avant de fuir dans ses poches.

– Merci de votre patience, Venise, a-t-il dit en quittant la pièce.

Elle a été prise d'un désir qui n'avait plus rien à voir avec celui qu'elle évoquait dans son carnet deux jours plus tôt. Ce n'était plus un bouquet de flammes, c'était un feu de braises continu. Elle était en danger.

Une lettre de Yaman, du 13 mai 1986, entre les mains de Riad :

Léonora, mon amour, essaye de comprendre. La fin de mon film n'a rien à voir avec notre amour. Dogan et Anna sont vaincus, pas nous. J'écris leur séparation comme un mauvais rêve dont je me réveille, soulagé, en pensant à toi. Ma vie, c'est toi. La leur, c'est mon angoisse de te perdre. Ils nous ressemblent, c'est sûr, mais ils n'ont pas notre force. Anna manque de volonté, Dogan manque de passion. Est-ce que nous en manquons ? Tu sais bien que non. Souviens-toi d'Istanbul la semaine dernière. Souviens-toi après l'amour. Nous titubions de bonheur, nous ne tenions pas debout. Tu me disais, pliée en deux de rire : « J'ai honte d'être aussi heureuse. » Et tu voudrais que pour si peu, à cause d'une page de scénario, notre bonheur vacille ? Dans mon film, les amants se séparent. Et alors ? Je conjure le sort. Mon bonheur avec toi me rend libre. Libre de créer, de démolir, d'anticiper. Dogan et Anna m'inspirent de la compassion. Ils sont usés, contrairement à nous. Ils s'aiment encore mais n'en peuvent plus. La possession, la jalousie les rongent. Je les regarde se blesser, se déchirer, tourner le dos à leur amour, pendant que je te désire passionnément. Et tu voudrais baisser les bras ? Non, ma Léonora, tu ne le veux pas plus que moi, je te connais assez pour savoir qu'en cet instant, pendant que tu me lis, tu te moques de toi, tu as envie de rire. Tu souris. Et maintenant, laisse-toi faire, laisse mes lèvres écraser les tiennes et ma langue fouiller ta bouche, ton visage, ta bouche encore, tes oreilles, ton cou, tes pieds. Je t'aime comme un fou. Ton Yaman.

Riad regarde la lettre avec envie et dégoût. Il relit la dernière phrase dans l'espoir absurde de la voir disparaître. C'est dingue, se dit-il, c'est dingue. J'avais beau savoir… mais là je n'arrive pas à encaisser, je n'arrive pas… Quel âge j'avais en 86 ? Je me souviens de la douceur de son bras, je fourrais mon nez dans sa peau blanche, elle me décoiffait en riant, elle me disait des mots d'amour. Quelle différence y avait-il entre cet amour et l'autre ? Et papa dans tout ça ? Mon pauvre père. On dirait qu'ils ont couru toute leur vie après l'amour, tous les deux. Du délire ! Moi je ne veux pas de cette maladie. Je veux sauver mon pays, je veux défendre mon peuple, je veux être un Mawal qui se respecte. Et maintenant, où est-elle ? Qu'est-ce qu'elle fabrique encore à soixante-seize ans ! C'est odieux cette manière qu'elle a de se mettre tout le temps au centre, y compris en son absence ! C'est peut-être pour ça que, depuis mes vingt ans, toutes mes copines sont des femmes effacées. Aurais-je été un autre si elle m'avait choisi, si elle m'avait préféré à ce mec ? Où es-tu, maman ? Où peux-tu bien être ? Je te veux vivante. Quel qu'en soit le prix. Quel bordel, nom de Dieu. Cette lettre, je ne veux plus la voir. Elle m'écœure. Je vais la brûler.

Léonore s'est rendue en taxi à l'orphelinat des sœurs de Saint-Vincent-de-Paul. La religieuse qui lui a ouvert la porte est une femme de presque son âge qu'on appelle sœur de la mer. Elle avait pris rendez-vous avec elle au téléphone.

– D'où vous vient ce joli nom ? lui demande Léonore en entrant dans la cour.

Une voix chantante habituée à la question lui répond dans un bref éclat de rire :

– Je suis une enfant trouvée à l'intérieur d'une barque sur une plage de Saïda.

Sœur de la mer est si minuscule, si menue, que Léonora lui a instinctivement posé la main sur l'épaule comme on le ferait avec un enfant.

– Suivez-moi, suivez-moi, madame Mawal, nous allons essayer de vous retrouver ça.

Elles sont à présent dans le bureau des archives. L'une pense très fort à Angèle, l'autre à ne pas se tromper de dossier.

– Vous dites qu'Abou Hadi s'appelait Mohamad Bala et que ce devait être à la fin des années soixante-dix ? Voyons voir. Il y en a eu des orphelins à cette époque-là ! Ah voilà, voilà, nous y sommes.

La petite main blanche de sœur de la mer tiendrait dans la paume de Léonore. Elle retire à deux doigts un gros dossier nommé *Talal, le fils de Mohamad Bala.*

– Mais oui, où ai-je la tête ? Je m'en souviens à présent. Sœur Saint-Jérôme, que Dieu ait son âme, aimait beaucoup ce jeune homme. Elle disait : « Cet ange est le fils d'un maquereau. »

Léonore dévore des yeux les papiers étalés sur la table. Une photo du fils d'Angèle, à l'âge de dix ou douze ans, montre le regard doux et grave d'un petit bonhomme concentré à faire ce qu'on lui dit de faire : fixer l'appareil. Il ne semble ni heureux ni malheureux. Il semble ailleurs.

– C'est un homme maintenant, reprend la religieuse, je l'ai aperçu il y a quelques années, il avait une douceur étrange, comment vous dire ? Il avait un tic, il clignait des yeux quand il parlait, ce détail m'avait frappée, il était venu réparer la voiture de l'orphelinat, oui, oui, c'est bien ça, il était devenu garagiste, il vivait et travaillait à Tripoli, il voulait nous rendre service, il avait refusé de se faire payer…

Léonore cache mal son émotion, elle est transportée. Elle déchiffre une lettre manuscrite en arabe : « Cet enfant est de père inconnu. Sa mère, Angèle Massa, n'a plus sa tête. Elle est à l'asile. Je le confie à Dieu. » Elle est signée Mohamad Bala. C'était la règle de laisser des traces : l'orphelinat demandait des papiers d'identité, en échange de quoi le secret était gardé. Puis les choses ont changé. La semaine dernière, une femme de cinquante ans, adoptée en France, a retrouvé sa famille, des gens du Nord.

– Si vous saviez le bonheur de ses frères et sœurs qui ignoraient son existence ! raconte sœur de la mer avec un enthousiasme que rien ne laissait supposer un instant plus tôt. Elle est née avec un bras en moins, mais quelle nature, quelle beauté de femme, elle a été reçue comme une reine au village, avec son mari et ses deux enfants, les hommes de la famille les ont couverts de fleurs, ils les ont portés sur leurs épaules, en dansant. Que de bonheur, que d'amour, commente sœur de la mer, un conte de fées. C'est moi qui lui avais envoyé la lettre de ses parents biologiques. Un peu d'encre sur un bout de papier, vous imaginez ?

Sur une feuille à part, il était écrit en français que Talal avait été nommé Talal Zeid par le notaire du couvent. Léonore avait son nom et son âge, il était garagiste, il vivait à Tripoli, il ne lui restait plus qu'à s'y rendre.

Lorsqu'elle s'est tournée vers la religieuse pour la remercier, celle-ci lui a semblé avoir grandi en l'espace de quelques minutes. Cette illusion tenait au regard de sœur de la mer. Son regard était le contraire de son visage et de son corps. Il était même le contraire de ses yeux qui étaient petits eux aussi. Ils produisaient sur Léonore l'effet d'une force autonome, sans bornes.

Le chauffeur de taxi regarde un peu devant lui et beaucoup Léonora dans le rétroviseur.

« Moi, je vais où vous voulez, mais je vous préviens. C'est pas un jour pour aller à Tripoli ! Il y a les émeutes de la faim. Vous n'avez pas entendu ? Vingt morts hier à Bab el-Tebbaneh. Vous êtes de la Croix-Rouge ? Ah j'ai cru. Vous avez l'air Croix-Rouge. Vous parlez bien l'arabe pour une étrangère. *Walla, walla,* vous êtes de Rome, je me disais, elle doit venir d'une ville distinguée la madame. Hier j'ai emmené un touriste hollandais à Baalbek, il a été ramené en ambulance. Je l'avais prévenu, c'est pas le moment des ruines, mon frère, restez tranquille à Beyrouth, allez à la grotte aux pigeons. Ce n'était pas mon intérêt. Beyrouth-Baalbek, ça me rapporte soixante-dix dollars fresh, la grotte aux pigeons, rien du tout, mais l'humanité, c'est plus important que l'argent, n'est-ce pas ? Il n'a pas voulu entendre. Moi je vous emmène où vous voulez, mais je ne peux pas me taire, c'est mon devoir, vous êtes de Rome, moi je suis chiite de Tripoli, on n'est pas nombreux, mais je connais la ville, coin par coin. Attention, je respecte Nasrallah mais je ne suis pas Hezbollah, je suis chiite modeste et pratiquant, je prie mon Dieu cinq fois par jour, je fais l'aumône et je n'agresse personne, mais je ne vais pas vous mentir, si un Daech touche un cheveu de mes enfants, je le coupe en morceaux. C'est comme ça. Un barbare, tu ne lui fais pas la conversation. Tu le tues, un point c'est tout. C'est pas vrai ? Attendez, attendez, je vais vous aider à baisser la vitre, voilà, comme ça c'est bien ? Goûtez à ces abricots et dites-moi ce que vous en pensez, ils viennent du jardin de ma tante, tu vois tu vois ? Abou Ali ne raconte pas d'histoires, s'ils n'étaient pas du miel, je n'aurais pas insisté, qu'est-ce que je racontais ? Ah oui, je vous expliquais la situation, elle est terrible la situation, ce n'est pas une situation, c'est une catastrophe, regardez-moi tous ces réfugiés sur le bord de la route. Vous trouvez que c'est une vie, ça ? Eux ils ont l'aide des Nations unies, mais nous les Libanais on crève sans que personne regarde. Ce n'est pas une vie. C'est un enfer. Vous êtes comme moi, je vois dans vos yeux, vous souffrez avec les malheureux, n'est-ce pas, madame ? Excusez-moi mais madame comment ?

Ah, madame Mawal ! Mawal ? Vous êtes parente de Habib Mawal ? *Walla walla,* c'était un grand monsieur le grand-père de votre mari. Il y a une avenue à son nom à Beyrouth, je la prends deux trois fois par jour pour aller de l'est à l'ouest. Moi je ne fais pas de différence entre chrétiens et musulmans. On a le même Dieu, les mêmes valeurs. Vous n'êtes pas d'accord ? Excusez-moi, madame Mawal, mais votre mari, que Dieu le garde, il est en bonne santé, n'est-ce pas ? Ah bon, grâce à Dieu. Je me demandais simplement, je me disais il a peut-être une grippe ou quelque chose, c'est pour ça qu'il n'est pas avec vous. Moi, ma madame, je ne la laisse pas aller et venir. Elle ne sort qu'avec moi ou avec Ali, mon fils aîné. Toute seule, impossible, *no way.* Les étrangers, ils me font rire, ils nous critiquent parce que nos femmes sont voilées. Je ne parle pas de vous, les Italiens. Vous c'est autre chose. Vous êtes des vrais chrétiens. Vous respectez les femmes, vous avez la Sainte Vierge. Le prophète aime la Vierge Maryam, il la respecte beaucoup. D'ailleurs elle est voilée comme nos femmes. Mais tous les autres, les non-croyants, qui ils sont pour nous critiquer ? Moi, je vous dis, un homme qui ne croit pas en Dieu, c'est un ennemi de l'humanité. Il vous viendrait à l'idée à vous, les Mawal, de ne pas prier ? Bien sûr que non ! Le grand-père de votre mari, que Dieu ait son âme, il marchait la main dans la main avec le patriarche. Vous voyez comme je connais mon pays. Pardonnez-moi, madame

Mawal, je ne veux pas être indiscret, mais vous avez de la famille à Tripoli ? Des amis ? Si vous n'avez personne, je reste avec vous, je vous accompagne où vous voulez. Appelez monsieur Mawal, dites-lui qui je suis, demandez-lui s'il est d'accord, je peux lui parler… Il doit être inquiet. Ok, ok, c'est comme vous voudrez. Moi je propose, vous décidez. Vous habitez toujours le beau palais rose dans le jardin ? Chaque fois que je passe devant, je regarde les arcades du premier étage, et je dis Mashallah, il y a encore des gens qui protègent la beauté de ce pays. Les autres, ils ne pensent qu'à l'argent, ni palmiers, ni rosiers, ils construisent trente étages, et une fois là-haut, ils ne descendent plus dans la rue, ils voient le pays à la télévision, même leurs voitures sont des appartements, chacun se prend pour la reine d'Angleterre. Entre vous et moi, cette reine d'Angleterre me tapait sur le système nerveux. Vous les trouviez comment ses chapeaux ? Moi, je n'aimais pas du tout. Oubliez la religion, je parle seulement du look, vous ne trouvez pas que le voile, c'est beaucoup plus joli ? Ah, vous voyez ? On pense la même chose, j'étais sûr qu'on pensait la même chose. Bienvenue à Tripoli, madame Mawal. Que Dieu vous garde en bonne santé. »

Le garage se trouvait près de l'entrée du souk. Léonora a deviné, de loin, que l'homme debout, c'était lui. Elle n'aurait pas su dire pourquoi. Tout en lui était simple : ses traits, sa posture, ses gestes, et en l'approchant de plus près, sa voix. Il parlait avec un client.

– Talal Zeid ? a-t-elle dit doucement quand il a été seul.

– Oui ? Je peux vous aider ?

– Je m'appelle Léonora Mawal.

Il attendait la suite, sans impatience. Elle trouva ses mots, un par un, comme sortis du fond d'un tiroir encombré. Lorsqu'elle prononça la phrase qui tournait dans sa tête depuis la veille au soir – je suis une amie de votre mère –, il sembla chercher sur son visage une preuve de réalité. Pour un peu il lui aurait touché une joue, une paupière. Elle plissa les yeux.

– J'aime beaucoup Angèle. Elle s'appelle Angèle.

Talal resta muet un long moment.

– Sœur Saint-Jérôme m'avait dit le nom de ma mère, répliqua-t-il d'une voix si tendue qu'elle craqua.

Sa voix se cognait à sa colère, à son enfance, à sa folie. Il était incompréhensible. Léonore lui posa une main sur l'épaule.

– Dans la lettre, c'était écrit qu'elle avait perdu la raison, dit-il, les deux mains sur la tête, j'ai eu peur, j'ai eu très peur. Puis quelqu'un m'a dit qu'elle était morte. Maintenant, tout est différent… Tout est différent, n'est-ce pas ? Plus rien n'est comme avant, n'est-ce pas ?

Il répétait « n'est-ce pas ? », elle répétait « oui ».

– Si Angèle n'est pas folle, si ma mère n'est pas

morte, excusez-moi, je ne trouve pas mes mots. Ce n'est plus la même chose, n'est-ce pas ?

– Ce n'est plus la même chose, répondit-elle en lui offrant son meilleur sourire.

– Ma femme va bientôt accoucher de notre second enfant. Je ne veux pas la choquer. Elle aussi est une enfant abandonnée. Je l'ai connue à l'orphelinat. Peut-être qu'il vaut mieux... Je ne sais pas. J'ai parfois rêvé. Je rêvais ce qui est en train d'arriver. Je rêvais que ma mère me cherchait partout.

Ils se sont assis sur deux tabourets près d'un camion au capot ouvert. Elle écoutait, il parlait, et après chaque phrase ils écoutaient ensemble le silence qui suivait.

– J'étais avec elle dans un café au bord de la mer et elle me regardait en me tenant les mains. On se racontait nos vies. Je n'arrivais pas à la voir vieille. J'essayais. Pardonnez-moi, mais je ne la voyais pas comme je vous vois. Elle n'avait pas d'âge, pas de rides. Je ne sais pas comment vous la décrire. Quand je lui parlais, mes yeux se calmaient. C'est pour ça que je m'asseyais avec elle. Pour calmer mes yeux. Il y a des gens qui ne supportent pas de me voir clignoter tout le temps. La petite ça la fait rire, elle joue à me tenir les paupières ouvertes avec les doigts.

Un client pressé l'appela de loin. Il répondit d'un ton inattendu : « Je ne suis pas là. » C'était presque un ordre.

– Madame, s'il vous plaît, avez-vous une photo

d'Angèle ? Oh mon Dieu, deux ans avant ma naissance ! Quel âge avait-elle ? Comme elle est belle ! C'est vous à côté d'elle ? Pourquoi avez-vous décidé de venir me voir ? Pourquoi maintenant ? Vous tremblez, madame, est-ce que vous vous sentez mal ? Elle a eu une vie difficile. Je ne la juge pas. Même son métier. Pourquoi je jugerais ? Remarquez, maintenant que vous me racontez, j'ai de la haine pour lui, je ne dis pas mon père, il n'a pas voulu dire mon fils, mais je ne le juge pas. Les gens pensent que je suis simple d'esprit. Ils disent que je n'ai pas de religion. Ce n'est pas vrai, je vais à la mosquée, quand j'ai le temps, ma femme aussi. On aime Dieu, on n'aime pas la guerre. On ne peut pas aimer Dieu et la guerre en même temps. Vous ne pensez pas ? Vous lui avez dit à Angèle que vous n'étiez plus religieuse ? Quand j'étais petit, j'allais à la messe, je savais le Notre Père par cœur. Ce n'est pas que je n'aime pas, mais je préfère la mosquée. C'est plus direct. Je me tourne vers La Mecque et je prie. Vous croyez qu'elle est chrétienne ma mère ? Si elle s'appelle Angèle… Remarquez, ça n'a pas d'importance.

Léonore lui expliqua qu'elle ne l'avait pas revue depuis très longtemps.

– Ah bon, vous ne l'avez plus revue ? Dommage. Vous aviez l'air amies sur la photo ? Je peux vous revoir avant de l'appeler ? Ou peut-être, vous l'appelez et vous me la passez ? Qu'est-ce que vous en pensez ? Moi, je dis demain, c'est mieux. Là, j'ai un coup sur la tête. Pas vous ? On dirait que vous aussi, vous avez reçu un coup sur la tête.

Ils se sont levés d'un même mouvement. Leur conversation n'était pas que dans leurs voix, elle était sur leurs épaules, dans leurs jambes, elle était partout dans l'air, ils la transportaient en marchant, ils la voyaient mûrir en même temps qu'ils regardaient où ils mettaient les pieds.

– Venez, madame Léonore, on va manger à la maison. Je vais dire à ma femme que vous avez une voiture à réparer. Après, je vous raccompagne à l'hôtel. Là j'ai un coup sur la tête, pas vous ? Venez, madame Léonore, attention aux trous, attention, suivez-moi, on n'habite pas loin du garage, on habite là, juste derrière, dans l'immeuble en construction. Ce n'est pas un endroit pour une dame comme vous. Mais je crois, je crois que ça vous est égal, n'est-ce pas ?

Après avoir quitté Talal, Léonore a marché dans la ville du côté du port. Une odeur de poisson frit couvrait celle de la mer. Pour elle, qui n'était pas allée à Tripoli depuis plus de vingt ans, tous les changements tenaient en un mot : la pauvreté. La pauvreté des gens, des murs, des regards. Curieusement, cette désolation contrastait davantage avec Talal et sa femme qu'avec l'atmosphère du palais. Il y avait chez eux quelque chose d'autre. Qu'est-ce que c'était ? Était-ce de l'amour qu'elle avait senti circuler dans cette baraque humide où vivait la petite famille

Zeid ? Ce mélange de solidarité et d'indulgence, de fatalisme à la place du rêve, d'entente sans besoin de preuves, était-ce de l'amour ?

Léonore a toujours aimé la solitude. Elle la connaît sous toutes ses formes. Celle qui se vit, comme un luxe, dans le creux d'un divan, un livre entre les mains. Celle de la musique qui, pour s'élever, se coupe de la terre entière. Celle de la prière quand, toute jeune, les mains croisées, la pensée suppliante, elle se sentait appelée par l'au-delà, redoublant de silence pour l'entendre. La solitude au sortir de Santa Maria in Trastevere, lorsqu'elle tardait à trouver sa place entre l'intérieur et l'extérieur, le goût de l'hostie et le caffè macchiato. La solitude de l'attente heureuse, quand, sur le point de retrouver Yaman, sa vie battait des ailes à l'intérieur de son cerveau. La solitude de l'adieu : le corps, hier pénétré par un corps adoré, soudain lâché sur ses deux jambes dans un hall de gare. La solitude de la mer, avec le va-et-vient des vagues dans le va-et-vient de la pensée, le temps du coquillage entré dans le temps du cosmos. La solitude passée à chercher un mot, une phrase qui feront la différence entre un malheur et un malentendu. Son plaisir insensé à relire une lettre qui contenait mieux son passé qu'elle ne pourrait jamais le formuler. La solitude qui apprivoise la peur ou qui en crève. La solitude humiliante de l'impuissance face à la destruction, la guerre, les amis en prison. La solitude après le départ de Salim, la fin de son pas dans l'escalier, l'acceptation lente de cette disparition. La solitude à regarder Riad s'éloigner sans aller le chercher, sans savoir comment. La solitude des heures passées à mieux aimer l'autre en son absence. La pire de toutes : celle des lendemains de la mort. La mort d'Antonio, la mort de Pietro, la mort de Yaman, le sol qu'elle voulait voir s'ouvrir pour s'y enterrer. La troublante solitude du séjour entre ciel et terre à voir repasser la vie sans y être, l'atroce solitude de savoir une fois pour toutes que ces mains, cette voix-là, plus jamais. La solitude émue du retour à la vie sous les traits de personne, la solitude émerveillée d'avoir encore la force d'aimer, rien que l'arbre sous lequel vous attendent le bruit de ses feuilles et un banc de bois. À force de la vivre, Léonore ne sait même plus ce que signifie le mot qui la désigne. C'est dans la solitude qu'elle puise les forces d'aller au-devant des autres, c'est avec elle qu'elle peut vivre avec eux.

Conduite par un chauffeur silencieux durant le chemin du retour, elle a pensé à Salim. Chaque pensée la ramenait à la beauté de son regard. À sa calme tristesse, à son renoncement, sa tenue, sa nudité, sa splendide capacité à comprendre sans être compris, sa solitude. Qu'est-ce que c'était que cette solitude, celle de Léonore, toute concentrée sur celle de Salim, sinon de l'amour ?

XVII

Angèle et Talal se sont retrouvés dans un café du bord de mer.

– Où vas-tu, Angèle ? lui avait demandé l'épicier, la voyant marcher avec difficulté.

Elle était perchée sur des chaussures neuves à talons, vêtue d'un tailleur mauve dont la veste aux boutons dorés ne fermait pas en dépit de ses efforts. Elle avait hésité à répondre, puis elle avait dit fièrement :

– Je vais rencontrer mon destin.

Abou Georges s'était frappé le front en grommelant :

– Il y avait beaucoup de fous au Liban avant le 4 août, maintenant il n'y a plus que ça.

Talal était vêtu d'un jean et d'une chemise propre, un vieux pull bleu noué par les manches autour de son cou. Ils sont arrivés en même temps à la porte du café Daw. Et, comme frappés par une attaque, ils se sont regardés, immobiles, effrayés, heureux.

– Mon fils, mon amour, mon Dieu ! a-t-elle crié comme dans les cauchemars, d'une voix qui ne sortait pas. Je ne peux pas y croire, Dieu m'a entendue, il m'a entendue, a-t-elle poursuivi, enfin audible, en courant vers lui.

Plus lent à surmonter le choc, il l'a rejointe précipitamment à la dernière seconde, à l'instant où elle perdait l'équilibre. Dans les bras l'un de l'autre, leurs têtes collées, enfouies dans leurs épaules, ils sont restés ainsi un long moment durant lequel ils devinaient aux secousses de leurs corps qu'ils pleuraient.

– Tu es beau comme la lune, mon fils, tu as les yeux de ma mère, et tes mains, donne-moi tes mains, laisse-moi te sentir, je veux te regarder. Tu permets, mon fils ? Tu permets que je ne dise rien ?

Ils sont restés longtemps à se regarder, à se sourire, à reprendre contenance en scrutant l'horizon, à ne dire que quelques mots. Les mêmes : « Je n'arrive pas à y croire. » « C'est incroyable. » Et chaque fois que l'une ou l'un reprenait le refrain, l'autre riait de joie. Une joie peu commune. La même : une joie au bord de l'extase et du plus profond des chagrins.

– Talal, mon amour, depuis combien de temps sommes-nous là ? a dit Angèle en lui reprenant les mains. Ne crois pas que je détourne les yeux. Je regarde la mer, pour oser te regarder en face. Tu veux un autre café ? Non ? Moi non plus.

Ils se disaient tout avec les yeux, avec les doigts, ils n'avaient rien à se dire. Elle parlait juste un peu pour le voir la regarder, comme font les mères avec leurs bébés quand ils commencent à les reconnaître.

– Tu as vu la grosse vague qui arrive, tu la vois ? Celle qui est loin derrière les petites, elle enfle, elle enfle, elle va cogner contre le rocher, elle va le couvrir comme du savon.

Il hochait la tête, pour acquiescer, pour se dispenser de parler, pour se contenter de leurs mains, de leurs yeux.

– Oh mon fils, tu souris, on dirait que tu ne m'en veux pas, je n'arrive pas à comprendre pourquoi tu ne m'en veux pas, finit-elle par dire comme si sa peur et son soulagement réunis ne tenaient plus le coup en silence.

C'est alors qu'il a parlé :

– Je ne t'en veux pas, *ya emmé*, je ne t'en veux pas.

« *Ya emmé* », il n'avait cessé d'entendre ces deux mots qu'il n'avait jamais dits. Les prononcer, c'était soudain être un autre. Non, pas un autre. C'était lui avec de l'être ou de la vie en plus. Il n'aurait pas su dire.

– Raconte-moi comment tu vas. Quand m'as-tu vu pour la dernière fois ?

À cette question, Angèle s'est effondrée. Il sortait un par un, puis deux par deux, les kleenex du sac en plastique qui était sur la table. Elle a raconté la première et dernière fois, par bribes, comme elle pouvait :

– Léonora t'a parlé ? Elle t'a dit qu'on t'avait enlevé ?

Je ne veux pas parler de lui maintenant, je veux seulement remercier le ciel. J'aime comme tu plisses les paupières. On dirait que tu as du soleil dans les yeux. Tu as été à l'école, mon fils ? Jusqu'au brevet ? C'est bien, c'est très bien le brevet. Qui t'a appelé Talal ? Sœur Marguerite ? Bravo, sœur Marguerite, elle t'a donné un joli nom. Tu es musulman, mon fils ? C'est bien, c'est bien, moi j'ai choisi chrétienne, mais c'est la même chose, c'est le même Dieu. Tu lui as dit à ta femme que tu venais me voir ? Tu as bien fait, il faut attendre, il faut aller doucement, très doucement, ça viendra. Elle pense que je n'ai pas ma tête, tu lui diras que j'ai ma tête ? C'est important. Il ne faut pas qu'elle ait peur. Elle s'appelle comment ? Hala, quelle coïncidence, c'était le nom de ma sœur. Elle est morte il y a une dizaine d'années ta tante.

Angèle parlait, parlait, sans plus pouvoir s'arrêter :

– Je n'ai pas toute ma tête, mon fils, mais je l'ai quand même, j'ai ma tête, je ne veux pas parler de lui, mais ce n'est pas bien, ce n'est pas bien du tout, c'est très mal ce qu'il a fait. C'est horrible, mon fils, horrible. Écrire que je suis folle ! J'étais folle, mon fils, j'étais folle de douleur. Je ne savais plus qui j'étais après ta naissance. On voit parfois des troncs d'arbres coupés qui sont encore debout. J'étais comme ça. Plus de branches, plus de feuilles, rien. Puis le temps passe, on est encore en vie, des petites branches se mettent à pousser. À droite à gauche. Pas grand-chose. J'ai fait de la couture. Non, mon âme, non mon cœur, non mon amour, je n'ai besoin de rien, j'ai une chambre chez une vieille dame malade. Je l'aide à faire sa toilette, à s'habiller. Parfois on joue aux cartes. Basra. Tu sais jouer à Basra ? C'est bien, c'est bien, mon fils, tu n'aimes pas jouer, il ne faut pas jouer. Et puis, tu n'as pas le temps avec le garage. Il est gentil avec toi, le patron ? Parfois oui, parfois non ? ... Ça ne fait rien, ce n'est pas grave, il faut de la patience. Elle est comme ça la vie. Tu sais ce que j'aurais fait si je n'avais pas peur de te gêner ? Je serais descendue sur la plage, j'aurais enlevé mes chaussures et j'aurais dansé, j'aurais chanté, j'aurais crié. Si tu savais comme je dansais bien. J'aimais danser. J'aimais beaucoup danser. Je mettais la main comme ça sur la taille, je haussais le cou, la poitrine et... oh que j'aime t'entendre rire ! Je n'ai jamais entendu rire si bas, si doux, jamais. Jamais, je n'ai entendu un rire comme le tien. Tu ris sans faire de bruit. Tu ris ou tu pleures, mon fils ? Laisse-moi te caresser le visage, je suis vieille, personne ne s'étonnera. Tes yeux ne clignotent plus. Ils sont tout calmes. Je ne sais pas si tu ris ou si tu pleures, c'est comme moi, je ne sais pas si je ris ou si je pleure, on ne peut pas choisir quand on vit un si grand bonheur. On ne peut rien faire de normal quand on est si heureux.

Comme un grand frère, comme un père ou une mère, Talal s'est alors imposé à sa mère pour la calmer, pour la rassurer, pour la convaincre de la réalité. Sa voix à lui était ferme, presque dure.

– Qu'est-ce que tu dis ? Tu peux répéter, mon fils, je n'entends pas ? Oh mon Dieu, je ne mérite pas, je ne mérite pas... Mon Dieu, oh mon Dieu, je vous prie de toute mon âme de garder la raison, je vous remercie de me l'avoir rendu, je vous remercie, mon Dieu, je vous remercie de lui avoir donné la vie.

Elle remerciait Dieu de toutes ses forces, comme on remercie un père. Il le remerciait aussi mais autrement. Il le remerciait sobrement, comme on remercie quelqu'un à qui on doit beaucoup mais qu'on ne connaît pas : comme un Dieu.

Venise est allée retrouver Salim. Il avait reçu un appel de Léonore. Il rayonnait. Elle lui a dit :

– Pourquoi nous avoir caché la raison de son absence ?

Il a répondu, souriant :

– Léonore a toujours eu le goût de la clandestinité. Remarquez, elle a peut-être eu raison. Il y a des moments où il faut savoir se couper du monde pour réussir quelque chose. Elle a réussi.

Il l'a regardée assez longuement, avec un reste de sourire qui ne s'adressait qu'à eux deux. Elle a dit :

– C'est tout de même formidable, cette histoire. Vous imaginez leur bonheur ?

Il a plissé les yeux :

– Oui, oui, j'imagine et je me dis une chose étrange, je me dis que ce garçon en voudra sans doute moins à sa mère d'avoir été prostituée que Riad n'en veut à la sienne d'avoir été religieuse.

– Comment ça ? Je ne comprends pas, a-t-elle dit, à moitié sincère.

– Disons, a-t-il poursuivi, disons que Riad ne pardonne pas à Léonore d'avoir tant aimé un homme qui n'était ni le Christ, ni son mari, ni son fils. Pour lui, sa vie est une trahison.

Venise était sous son charme, désarmée, quand elle lui a demandé :

– Et pour vous, Salim ?

Il partageait son trouble, sans rien changer à son regard ni à sa voix. Elle voyait simplement qu'il était content du jardin, de la lumière, de leur conversation. Il était content de sa présence. Une pensée lui a inspiré un petit rire amusé. Il a fini par céder à l'envie de la lui communiquer en croisant les mains sur un genou :

– Il fut un temps où j'ai eu le Christ pour concurrent. Un temps de courte durée. Léonore avait perdu la foi, mais vous savez comment elle est, au moment où l'on pense que les choses sont enfin claires, elle vous dit : « Il y a des jours, où l'absence de Dieu n'a pas de sens… » Au fil du temps, le Christ a cessé d'exister. Je n'étais pas peu fier de l'emporter. Je ne me doutais pas de la suite. J'aurais dû.

Il riait, riait franchement. Elle s'est mise à rire elle aussi. Léonore était dans l'air, elle s'éloignait, revenait, repartait, son va-et-vient rapprochait Venise de Salim.

Ils se moquaient ensemble de quelque chose, tous les deux. Ils ne se moquaient pas d'elle. De quoi se moquaient-ils ? De ce qui les éloignait ? les retenait ? Elle a dit : « C'est drôle, je me sens moins timide, avec le temps. Vous m'intimidiez beaucoup, Salim. D'ailleurs, je ne me souviens plus, quand ai-je cessé de vous appeler monsieur ? » Il a souri. « Ce jour-là, vous vous êtes approchée de moi avec un bol de pistaches et vous m'avez dit avec une certaine autorité : "Tenez Salim, elles sont toutes fraîches." » « Oh, quelle mémoire ! » a-t-elle répliqué, agrippée à sa chaise. Elle voulait rester, elle voulait partir. Elle avait envie, terriblement envie d'être dans ses bras, elle sentait son regard de tout son corps. « Au fond, a-t-il dit, ça ne veut rien dire une double vie. Quand on aime, quand on sait aimer, il n'y a pas de raison. Léonora a eu le culot de vivre au grand jour. Pas moi. Ce culot, était-ce du courage ? Mes secrets, était-ce de la lâcheté ? Je ne saurais pas vous répondre. »

Alors, elle a levé les yeux, et ils se sont aimés, une longue minute sans dire un mot. Puis il a couvert son visage d'une main, ses yeux, son nez, sa bouche. Elle l'attendait dans le noir, elle tremblait de peur, d'impatience, avait-elle jamais été si passive ? Les doigts de Salim sur ses lèvres préparaient lentement leur premier baiser, elle ne bougeait pas. Quand son désir l'a submergée, elle s'est jetée à sa taille, à son cou. Durant quelques secondes, elle a vu dans ses yeux un regard d'enfant qui n'en revenait pas. Il n'avait plus rien à cacher. Il était un autre. Et cet autre, elle savait en l'aimant qu'il serait aussi bref qu'inoubliable. Ils étaient adossés au platane. Leurs bouches faisaient tout ce qu'elles pouvaient pour leurs corps qui se suppliaient. Il a chuchoté « une autre fois », et l'a remise sur terre comme il l'avait enlevée, très doucement. La tête en feu, elle est partie en bafouillant : « Léonore ne va sans doute pas tarder à rentrer. »

– Ça y est. Léonore est revenue, a dit Sari à Démi. Tu l'as vue ? Elle était mourante il y a une semaine, et là, elle s'agite, elle monte sur une échelle, elle chantonne, elle range. Va savoir si elle n'a pas été retrouver son Turc. Tu as la preuve qu'il est mort, celui-là ? Personne n'a la preuve.

– Tu es méchant, lui a-t-elle répondu en lui tournant le dos, elle n'est pas du genre à mentir, Léonore, pas du tout.

– Elle ne sait pas ta patronne que son fils a fouillé dans ses affaires. Je l'ai entendue lui dire au téléphone : « Comment vas-tu, mon chéri ? Moi je vais bien, très bien. » Je n'en revenais pas. J'aurais donné cher pour voir la tête du fils. C'est pas normal de changer à ce point et de demander à tout le monde de s'adapter d'un coup !

Démi a haussé les épaules et elle est allée sur la pointe des pieds vers la chambre de Léonore.

Quand elle est revenue à la cuisine, une demi-heure

plus tard, elle était tout excitée. Elle se frappait les cuisses, sautait sur une jambe, sur l'autre, ne savait plus où aller. Elle criait « quelle belle histoire, quelle belle histoire ! » « Tu vas te taire, oui ou non ? lui disait Sari en la tirant par le bras. Qu'est-ce qu'il y a ? Qu'est-ce qu'elle t'a raconté encore ? » Démi trépignait, elle ne trouvait pas ses mots. Elle mélangeait ceux de Léonore et les siens, racontait toute l'histoire avec des trous qui rendaient le récit illogique et Sari de plus en plus furieux.

– C'est quoi cette histoire ? Tu rigoles ? Tu crois sérieusement que ce garagiste s'est jeté au cou de la prostituée en l'appelant maman ? Un garagiste, ça connaît la vie, tu ne lui fais pas croire que sa maman l'attend depuis quarante ans dans un café du bord de mer ! C'est fou ce que ça peut avaler comme sornettes une bonne femme. Tu veux que je te dise ? J'aime pas cette histoire.

Démi lui tournait le dos avec une effronterie qu'il n'avait jamais vue, elle dansait devant la fenêtre les mains croisées au-dessus de la tête, elle se moquait de Sari. Il était fou de rage :

– De deux choses l'une, soit l'histoire est vraie, et c'est dégoûtant. Dégoûtant d'aller rabibocher une mère et son fils qui ne demandaient rien à personne. Soit l'histoire est inventée, et c'est pire. Ça veut dire que Madame a été se remonter le moral, pleurer sur l'épaule du Turc. Compte un peu, ça doit être un vieillard ce faux mort à l'heure qu'il est. Et elle nous fait avaler la pilule en nous vendant une histoire à l'eau de rose.

– Tu n'aimes pas quand c'est rose, a répondu Démi sans se retourner, moi j'aime quand c'est rose.

– Tiens, voilà la Venise qui s'amène, a ricané Sari. Qu'est-ce qu'elle va encore nous servir ? Elle tient son iPad sous le bras, elle veut nous montrer une photo. C'est qui celui-là ?

Penchés sur l'écran, Sari, Venise et Démi regardaient les visages d'un homme et d'une femme assis face à face dans un café. Un serveur les avait pris en photo.

– C'est fou ce qu'ils se ressemblent ! a dit Démi.

– Ils se ressemblent un peu, pas beaucoup, a commenté Sari en regardant de plus près. Je ne dis pas qu'ils n'ont pas l'air heureux, je vous dis que cette histoire ne me rentre pas dans la tête. Moi, mon fils… Tu te souviens, Démi ? Quand il avait une idée en tête, il était pire que moi, pas vrai ? Pour lui faire changer d'avis… C'est marrant tout de même, ils se ressemblent ces deux. Je ne sais pas ce que cache cette histoire, mais ils se ressemblent. Et pourquoi elle aurait fait ça, Léonore ?

Venise a dit :

– On peut ne pas l'aimer, mais elle est bonne, Léonore.

Démi s'interrogeait. Sari cherchait quoi dire.

– La bonté, la bonté… c'est pas si simple. Moi mon fils quand je pense à lui…

Puis ils se sont tus tous les trois. Le nez collé à l'écran, Démi répétait « les mêmes yeux, exactement les mêmes ».

Assis dans le fauteuil de Léonore, Salim s'adresse à Riad resté debout, adossé à la fenêtre. Bien que levé vers celui de son fils, son regard domine.

– Je ne veux pas d'une réunion politique ici. Tant que nous sommes en vie ta mère et moi, le palais ne servira aucun parti. Je sais le risque qui pèse sur les chrétiens, je le sais. Pourquoi hoches-tu la tête ? Crois-tu que je ne suis pas inquiet ? Je suis inquiet et je comprends ton exaspération. Essaye à ton tour de comprendre la mienne. Tu n'as pas connu l'époque où les milices chrétiennes collectionnaient les oreilles, menaçaient de faire sauter le palais si je refusais de casquer. Je ne voulais pas entretenir des tueurs, je ne voulais pas acheter ma paix à ce prix-là. Ta mère non plus. Ils ont épargné le palais mais ils ont détruit mes vignes. Parfaitement, tout le monde s'y est mis. Les Palestiniens d'abord, les miliciens chrétiens ensuite. Ils se tapaient dessus à Beyrouth et chez moi, sur mes terres. Ils volaient, détruisaient, se serraient les coudes. Tu me traites d'« esthète ». Le mot n'est pas mal choisi. La beauté a été ma planque. C'est elle qui m'a sauvé de la guerre. Les jardins, la musique, la mer, les livres… Longtemps, j'ai regretté mon incapacité à descendre dans la rue, à participer aux débats, à rejoindre des groupes. Je n'en suis ni fier ni honteux.

J'ai fait ce que j'ai pu. Et quand je vois l'incapacité de l'opposition à s'unir contre les assassins qui sont au pouvoir, je me dis que je n'aurais rien pu faire de mieux. J'ai planté des arbres et j'ai aidé à vivre ceux qui en prenaient soin. Ne crois pas que je n'aie pas songé à faire davantage. J'ai flirté avec l'ambition d'une grande œuvre. Mon éducation jésuite m'y poussait. Ma mère aussi. Mais le Liban, Riad, le Liban, que veux-tu que je te dise ? Il n'y a pas moyen. Les gens sont infects ou formidables, je ne te dis pas le contraire, pris un par un, ils sont souvent exceptionnels, courageux, généreux, d'accord. Mais quelle est notre marge de manœuvre ? Zéro. Le pays est une marionnette. Il n'y a pas un centimètre de nos dix mille kilomètres carrés qui ne soit pas tiré par une ficelle. Au jeu, tu prends des risques, tu calcules, tu mises sur ta bonne étoile. Tu as une petite chance de gagner. Mais là, quoi que tu fasses, tu perds ta mise en prenant parti. Nous sommes piégés. Tes amis sont des excités sans foi ni loi. La seule raison d'être de ce pays, c'est d'être le pays de tous. Pas seulement la raison d'être du pays, mais celle de la région. Qui parlait d'une sphère infinie dont le centre est partout, la circonférence nulle part ? Pascal ! Eh bien, le Liban c'est exactement l'inverse. C'est une petite sphère finie dont la circonférence est partout et le centre nulle part. Que fait-on dans ces conditions ? Que fait-on quand on est manipulé de partout et privé de centre ? On se terre, on fait ce qu'on a à faire, on attend. Ce n'est pas glorieux ? Non, ce n'est pas glorieux. Et encore, va savoir. Ce n'est pas rien de tenir debout sur une pente qui dégringole. Écoute-moi, mon fils, si les chrétiens prennent les armes, ce sera leur fin. Chaque coup de feu renforcera l'adversaire. Ils ne se tireront pas d'affaire. Comprends-moi, Riad, calme-toi, je ne te dis pas d'être indifférent, ni même de baisser les bras. Je te dis que, dans certaines circonstances, ne rien faire, c'est aussi résister. Toute la région est exsangue. Tu sais bien que les islamistes ont tué plus de musulmans que de chrétiens. Ne te laisse pas emporter par la vision qu'a un certain Occident des « chrétiens d'Orient », comme ils disent. Chrétiens, musulmans, juifs, ces mots nous empoisonnent. Nous ne sommes différents que pour faire un seul et même jardin : pour vivre ensemble. Ce n'est plus sur le sol, c'est dans les têtes qu'il faut gagner du territoire maintenant. Je t'ennuie. Tu hausses les épaules ? Je te comprends.

XVIII

Pendant ce temps, deux hommes occupaient le coin désert d'un café à Mazraa. Le plus âgé, Abou Fard, parlait beaucoup sans faire de gestes. Il se contentait d'actionner le théâtre de ses yeux bleu pâle. Le reste de son visage était couvert d'une barbe frisée noire à l'intérieur de laquelle émergeait un morceau de chair étalé sur les bords : son nez. Assis en face de lui, le dos rond, les bras sur la table, Saad Messmar avait un long visage anguleux, mal rasé, sur lequel son nez, ses yeux, sa bouche semblaient avoir été placés à la va-vite. En ressortait un personnage assez informe, plus reconnaissable à ce qu'il n'avait pas qu'à ce qu'il avait. Il n'avait ni axes ni rebords. Il fuyait de partout. Même son regard se perdait dans ses yeux.

– Il me faut le Philippin qui travaille dans ce palais Mawal de merde, lui a dit Abou Fard. Il est sunnite. Il n'y en a pas beaucoup au Liban des Philippins sunnites. Je veux que tu l'embobines. Il s'appelle Sari, on l'appellera Abou Manilla. Fais-moi ça vite et lentement. Par étapes.

– À tes ordres, a répondu Messmar avec un sourire amusé qui signifiait « considère que c'est chose faite ». Je t'écoute.

Le barbu restait distant, concentré.

– Je veux en faire un informateur. Tu lui parles de Dieu. Tu le séduis, tu lui fais peur.

Un nouveau sourire, moins fier, plus timide, est apparu sur le visage de Messmar.

– Je le séduis d'abord, je lui fais peur ensuite ?

– Pour le séduire, tu parles du fric et des femmes. Tu lui dis qu'il a le droit d'en avoir plusieurs : des jeunes. J'ai une jolie yézidie sous la main. Tu lui dis qu'il peut l'essayer chez toi. Tu lui prêtes ta loge. Il la baisera pendant que tu iras à la mosquée.

– D'accord, a répondu Messmar en croisant les mains sur le bord de la table. Quel genre de type il est, ce Philippin ?

– Un malin ordinaire. Il a perdu un fils et il ne s'en remet pas. Tu lui dis que son fils est au paradis, avec les anges. Tu lui dis, en lui montrant de l'affection, qu'on œuvre pour le salut des âmes pures comme celle de son fils. Puis tu lui fais comprendre qu'il travaille dans une maison de mécréants. Même pas chrétiens ! Mécréants ! Je veux qu'il infiltre le milieu des Philippins chrétiens. Je veux connaître Ras Beyrouth, maison par maison. Les Philippines sont partout comme des mouches dans ce milieu pourri, elles voient tout, elles savent tout, elles ont besoin de se plaindre. Dis à Abou Manilla qu'il aura des hameçons pour les faire parler. Avec l'aide de Dieu. Si Dieu veut. Dieu est grand.

Messmar écoutait en prenant l'air détaché de celui qui en a vu d'autres. Sa nervosité se voyait tout de même à la façon dont ses mains décroisées se cognaient les doigts. Il hésitait à poser une question que l'homme aux yeux clairs a devancée :

– Écoute-moi bien, Messmar, si ce petit gars résiste, tu lui fais vite comprendre qu'il se met en danger. On le tuera, il servira d'exemple.

– On le tuera, et comment ! a renchéri Messmar, pour qui la tâche devenait enfin claire et rentable : il connaissait le prix, en dollars, d'une tête coupée.

– Dis-lui avant de lui faire peur que la yézidie lui fera un fils qui deviendra un héros. On l'élèvera à nos frais. Donne un nom au fils, ça le rendra plus vivant. Appelle-le Abdallah. S'il veut, on peut l'appeler Abou Abdallah. Qu'il choisisse. Abou Manilla ou Abou Abdallah.

– Elle est bonne celle-là, elle est excellente ! a répliqué Messmar en se bidonnant sans plus pouvoir s'arrêter.

Ses éclats de rire montés du ventre déformaient sa bouche qui semblait jouir de tout en même temps. D'abord amusé, puis dégoûté, Abou Fard ne montrait ni son amusement ni son dégoût. Il attendait. Quand la bouche s'est remise en place pour parler, elle était toute pincée, à moitié mangée de l'intérieur :

– Tu penses à tout, Abou Fard, a susurré une voix amoureuse. Je suis fier de travailler pour un homme comme toi. J'ai une admiration sans bornes pour...

– Allez, Messmar, l'a interrompu le gros, que Dieu soit avec toi. Et n'oublie pas, si tout va bien, ta petite loge de concierge sera bientôt à ton nom. Dans quelques années, si Dieu veut, ce sont des gens comme toi qui régneront sur le palais Mawal.

– Où c'est que tu m'emmènes comme ça ? s'est écrié Sari, que Messmar tirait par la main en direction d'un petit jardin public. J'ai pas dit que je n'adore pas Dieu. J'adore Dieu. Qu'est-ce que tu crois ? Je suis pas moins musulman que les Arabes.

Messmar lui tapait sur l'épaule, le bousculait un peu, le décoiffait gentiment, l'encourageait à parler de ses patrons sous le sceau du secret.

– Les Mawal ? Tu veux que je te dise ? Ni bons ni mauvais. Des têtes en l'air, des livres sur les genoux, et des jus de fruits. Lui, passe encore, mais elle.

– Elle c'est une pute, a tranché le maigre au visage illisible.

– Attends, attends, j'ai pas dit ça. D'ailleurs, ils font de mal à personne ces gens-là. Non, mon vieux, non, je ne veux pas faire de politique.

– Qui te parle de politique ? a dit Messmar. Je te parle de Dieu. Je parle de notre salut dans l'autre monde. Je parle aussi de tes vieux jours avec ta femme. Huit cents dollars par mois, ce n'est pas rien par les temps qui courent.

– Combien, tu dis ? T'es fou, c'est beaucoup d'argent. Et qu'est-ce que je dois faire ? C'est quoi des infos ? Je vais te faire un résumé. Une fois sur deux, elles sont traitées comme de la merde, les Philippines. Quand c'est cradingue, ils prennent des Sri Lankaises, des Éthiopiennes, des Somaliennes. Nous, on a eu de la chance.

Messmar n'écoutait plus. Il a étendu son foulard en tapis de prière sur le gazon et s'est accroupi, tourné vers La Mecque.

– Qu'est-ce qu'il y a ? Tu pries ? Pour mon fils ? Pour le repos de son âme ? Qui c'est qui t'a dit qu'il est mort mon fils ? Oui, c'était un ange, ça c'est vrai, j'espère bien qu'il est au paradis.

Messmar s'est relevé au bout de quelques minutes, pour dire la bouche en cœur :

– Tu n'aimes pas les femmes, mon petit ?

– Mais si, que j'aime les femmes. C'est quoi une yézidie ? Tu rigoles ? Tu vois la tête de Démi si je lui dis que j'épouse une yézidie ! Tu l'as sur ton portable ? Mais où tu l'as trouvée, cette yézidie ? C'est pas bien, Messmar, il faut pas faire ça. Si les femmes n'ont pas décidé de faire putes, faut pas les obliger. Dieu ne veut pas. Qu'est-ce que tu as ? Tu me fais peur à me regarder comme ça. Je dois rentrer, j'ai du travail. Je comprends pas, tu veux quoi exactement ?

Le maigre a commencé à s'énerver, puis s'est ravisé. Il avait encore un argument à dérouler avant de trancher.

– Qu'elle me fasse un fils ? Un héros ? Tu es fou, Messmar, laisse-moi, lâche-moi. Je te dis que non ! Je ne veux pas. Voilà. Ma réponse est claire. Je ne veux pas. Toi tu fais ce que tu veux. Moi je ne veux pas. Je ne veux pas moucharder. D'ailleurs, je les aime bien les Mawal.

Messmar mesurait le peu d'efforts qu'il lui restait à faire avant de relâcher le Philippin dans la nature.

– Bon, bon, je te comprends. Et toi tu comprends qu'il ne faut rien dire, n'est-ce pas ? Notre conversation est un secret.

– Je ne dirai rien, mon vieux, a répliqué Sari, je t'accuserai pas. Mais tu es tout de même gonflé de me faire cadeau d'un fils alors que je t'ai rien demandé.

Messmar s'est mis en colère au souvenir des yeux bleu clair d'Abou Fard.

– Tais-toi, imbécile. Je t'ordonne de te taire.

– C'est pas bien, a conclu Sari, c'est pas bien ce que vous faites.

Il était au bord des larmes.

– C'est très mal. Dieu ne veut pas ça. Dieu est grand. Il n'y a de Dieu que Dieu. Je m'en vais. Démi doit se demander où c'est que j'ai disparu. T'inquiète pas. Je lui dirai rien.

Rentré au palais, Sari avait du feu dans la tête. Un mélange de tristesse et de honte submergées de rage. Il aurait pu tuer. Il fallait faire quelque chose. Mais quoi ? Il fallait protéger Démi. Il courut à leur chambre à coucher.

– Écoute-moi. Tu vois qui est Messmar ? Le concierge de l'immeuble Horhor. Le maigre qui se caresse le visage comme si c'était le corps de sa femme. Bon, eh bien ce type, tu lui adresses pas la parole. Quand tu sors, tu évites sa rue, l'immeuble et tout et tout. Si tu le rencontres, tu baisses les yeux. Tu considères que tu ne l'as pas vu. Ok ?

– Mais dis-moi, Sari, pourquoi je dois pas le voir si je l'ai vu ?

– Arrête de me poser des questions. Je te dis que ce type est dangereux, c'est tout. Fais gaffe, Démi, je t'ai dit de baisser la voix. Si tu continues à m'emmerder, je vais baiser la yézidie.

Démi a poussé un cri.

– C'est quoi une yézidie ?

– C'est rien, je te dis, c'est rien une yézidie, c'est un poisson d'eau douce. Qu'est-ce qu'il y a encore ? Qu'est-ce qu'il y a, ma Démi ? Tu boudes ? T'as fini le repassage ? Oui ? Alors viens. Viens, ma Démi, viens, on va se tenir chaud. Allez, viens, on s'entend bien tous les deux, ce serait dommage de pas en profiter. Oh là, les draps sentent la lavande, on se croirait dans la chambre de Léonore. Tu m'aimes, dis ?

XIX

C'est Salim qui a découvert le premier. Il était six heures du matin. Il venait chercher le livre qu'il avait oublié la veille dans le jardin. Il crut au premier coup d'œil qu'un chat dormait sur le haut du portail. Lorsqu'il comprit que c'était la tête de Sari qui pendait à la grille, il perdit l'équilibre. Son cri et le bruit de sa chute firent sursauter Démi qui avait passé la nuit à attendre son mari parti quelques heures plus tôt pour sortir les poubelles. Le désordre qui suivit fut indescriptible. Des policiers, des pompiers, Léonore, Venise, les voisins, un médecin légiste, des amis de la famille, des Philippins, tout le monde entrait, sortait de la maison au jardin, du jardin à la maison.

Salim, qui avait perdu connaissance, reprenait ses esprits, dans la bibliothèque, en présence du médecin et de Léonore. Venise se tenait à la porte. Un pansement posé sur son front buvait le sang de sa blessure. Il régnait dans cette pièce un silence jamais entendu. Un poids inamovible pesait dans tous les regards qui n'osaient pas se regarder. C'est Salim qui l'a rompu pour demander au médecin : « On a retrouvé son corps ? » Comme il n'obtenait pas de réponse, il s'est redressé en hurlant :

– Je veux parler au ministre de l'intérieur ! Je veux lui parler !

– Si tu veux, mais cela ne sert à rien Salim, a chuchoté Léonore. Le gouvernement ne gouverne rien.

– J'ai vu la même horreur, exactement la même, il y a quarante ans, a-t-il repris d'une voix effrayante, en laissant retomber sa tête sur un coussin.

– Je sais de quoi tu veux parler, a doucement répondu Karim Hajj, son ami médecin. C'était exactement il y a quarante-six ans. Nous étions ensemble.

– Tu te souviens ? a continué Salim, tu te souviens des têtes brandies par les miliciens chrétiens à l'entrée de la Quarantaine ?

Entre-temps Léonore était sortie s'occuper de Démi. Réfugiée dans la buanderie, Venise était pliée en deux, secouée de sanglots sans larmes. Dehors, les gens échangeaient des morceaux de phrases.

Dans la rue, un journaliste branchait discrètement le dictaphone de son portable pour enregistrer les deux hommes, qu'on appelait « les nouveaux mendiants », comme on disait du temps de la guerre « les nouveaux riches ». Le chauve disait : « Quel homme bien il était ce Sari, que Dieu ait son âme ! Le repas qu'il nous a déposé la semaine dernière... Il y avait une épice spéciale dans le poulet, c'était le travail de sa femme. » « J'ai jamais rien mangé d'aussi bon, répondait l'autre, j'ai envie de pleurer quand je pense qu'on lui a coupé la tête, j'ai envie de pleurer. » « Moi aussi, reprenait le chauve, moi aussi j'ai envie de pleurer. Pourquoi on n'arrive plus à pleurer comme avant, Roro ? Pourquoi on n'arrive plus à rien faire comme avant ? »

– Il m'a dit de ne pas dire. Il m'a dit écoute et oublie. La bassine, s'il vous plaît, la bassine, je vomis…

Démi s'est vidé l'estomac avant de trouver des mots. Elle ne pleurait pas non plus. Son visage était le tombeau ouvert de son regard.

– J'ai pas parlé à la police, a-t-elle dit à Léonore, je vais parler à vous.

L'Italienne a croisé les mains comme du temps où sa vie était reliée au ciel.

– Sari m'a dit ne parle pas au concierge. Le maigre de l'immeuble Horhor. Celui qui se caresse le visage comme si c'était le corps de sa femme. C'est peut-être lui qui lui a coupé la tête. Peut-être aussi que c'est pas lui. Il m'a pris mon Sari.

– Vous souvenez-vous de son nom ? a demandé Léonora prenant les mains de Démi dans les siennes.

– Il s'appelle Messmar. Sari m'a dit, baisse les yeux si tu le vois. Change de trottoir. Il m'a dit que les yézidis sont des poissons d'eau douce. J'ai pas compris. Non, je ne veux plus de médicaments. Il m'a dit que j'étais son petit lapin. Vous ne savez pas, vous ne pouvez pas savoir, comme on s'aimait tous les deux. On avait notre fils qui n'était plus avec nous. On s'aimait beaucoup, même si ça ne se voyait pas.

Léonore a pleuré pour la première fois depuis longtemps.

– Ça se voyait, a-t-elle dit, ça se voyait, Démi.

Le corps de Sari a été retrouvé. Ils l'ont mis dans un sac. Ils ont écrit dessus : « On ne résiste pas à Dieu. Dieu est grand. » Salim a murmuré :

– Il a fait quelque chose de bien, Sari, je ne sais pas quoi. Mais je sens qu'il a fait quelque chose de bien.

Léonore est un mur. Elle se tait. On dirait qu'elle garde un secret. Riad est hors de lui. Il va, il vient, il hurle :

– Je vous avais dit, je vous avais dit qu'il fallait se battre.

Son père hoche la tête. Ils ont reçu quelques visites. Démi n'avait pas le cœur à parler, à répondre à des questions. Elle n'a pas voulu voir l'ambassadeur des Philippines. Elle est restée dans sa chambre. Des amies sont venues pleurer avec elle. Ses filles ne savent pas encore. Elle dit : « chaque jour où elles le croient en vie est un jour de gagné ». « Elle a raison, a soupiré le médecin. C'est ça la vie, pour finir. Un jour de gagné plus un jour de gagné. »

C'est comme ça que les Libanais s'en tirent. Avant ce qui vient d'arriver, Venise trouvait ça pénible. Maintenant, elle dit chapeau. Salim lui a dit ce matin :

– Je voudrais que tu retournes à Paris.

Elle a répondu :

– Non, moins que jamais.

Il l'a prise dans ses bras et elle a pleuré sur son épaule. Puis il a placé sa tête sous son menton et lui a dit tout bas :

– Tu découvres d'un coup le puits sans fond de l'horreur. N'oublie pas que la beauté et l'amour sont aussi des puits sans fond.

Il a murmuré :

– Tu entends ?

Elle a dit :

– J'aime ta voix.

Il a posé ses lèvres sur son oreille et l'a fait rire alors qu'il ne disait rien de drôle :

– Tu vois, plus le malheur est proche, mieux on voit le bonheur.

– Comme le ciel ? a-t-elle répondu. On le voit mieux avec les nuages.

Il a un peu ri à son tour :

– Venise, il faut que nos chemins se séparent. Apprends à aller bien quand la vie déraille, ça s'apprend.

Elle a pensé à Léonore lui disant : « Avez-vous connu un grand amour Venise ? »

Puis à la phrase de Démi : « On s'aimait beaucoup, même si ça ne se voyait pas. » Elle se disait, à quoi ça tient, une vie, un amour, une tête ? Le premier barbare venu vous l'enlève. Salim la devinait. Il l'a serrée très fort en lui disant :

– N'aie pas peur, ma Venise, nous avons tous peur, mais nous ne pouvons pas grand-chose, nous pouvons nous aider à apaiser la peur et tu vas partir, tu vas voler loin d'ici. Tu m'entends ?

Ils ont fait l'amour sans faire de bruit. Ou si peu. C'était comme si leurs gestes avaient été décidés à l'avance. Qu'il ne pouvait en être autrement. « Je ne me sentais pas coupable de ce bonheur intense qui était un adieu », a-t-elle écrit dans son journal ce soir-là.

La propagation du virus rend impossible la réception des condoléances. Angèle et Talal se sont tout de même rendus à la porte du palais et ont attendu patiemment un signe de vie. Chez l'épicier, sur le trottoir d'en face, Venise, en les voyant, s'est souvenue de la photo. Envahie par la voix de Sari – « ils se ressemblent un peu pas beaucoup » –, elle s'est rendue le cœur battant à la grille. Dans le français qui lui restait du temps de l'école, Talal lui a dit :

– Excusez, je suis Talal avec ma mère Angèle, ne dérangez pas Madame Léonore, que Dieu allonge sa vie, ne la dérangez pas, dites-lui seulement…

– Entrez, entrez, a dit Venise, elle sera heureuse de vous voir.

Vêtue de noir, les traits tirés, Léonore a trouvé le sourire en les voyant arriver. Un sourire faible et tenace.

– Que Dieu ait son âme. Que Dieu aide sa femme et ses enfants. Que Dieu prolonge votre vie, lui dirent-ils à tour de rôle, puis en même temps.

– Qui va nous débarrasser de ces barbares, Sitt Léonore ? a soupiré Talal, après que sa mère eut fini de parler.

Ils étaient assis dans le petit salon qui donne sur le jardin.

– Chez nous, à Tripoli, ils se sont infiltrés comme de l'eau. Les gens ont tellement faim. Ils les achètent.

Angèle approuvait.

– C'est pas normal, disait-elle. Les gens vivaient très bien au Liban avant 1975. On dirait qu'on nous a tous mis dans un bocal avec du poison dedans.

Venise, qui se tenait à l'écart, n'a pu s'empêcher de demander :

– Qui vous a mis dans un bocal ?

– Les pays étrangers, a répondu Angèle, qui tenait amoureusement sur ses genoux le petit paquet qu'elle n'avait pas encore offert à Léonore. Les pays voisins ne voulaient pas qu'on soit bien tous ensemble. Puis l'Arabie et l'Iran sont arrivés.

Elle cherchait quelqu'un à ajouter sur la liste.

– Et l'Amérique, l'Amérique elle fait tout ce que veut Israël.

– Oui, a dit Talal, ma mère a raison. Des gens comme ça n'auraient pas existé si on nous avait laissés vivre.

Léonora découvrait que Talal avait une nouvelle assurance. Son visage offrait le spectacle très rare de la colère assistée par la paix. Les jambes à peine écartées, une main sur chaque genou, il se tenait droit, prêt à partir, prêt à rester. Comme un violoniste regarde son chef d'orchestre, il lisait, par à-coups, le déroulement de cette visite sur le visage de Léonore. Il ne voulait pas la déranger trop longtemps.

– Je voudrais, si vous permettez, vous demander quelque chose, a-t-il osé au bout d'un moment. Je voudrais vous envoyer quelqu'un pour vous protéger. J'ai un ami qui est comme un frère, donnez-lui un coin pour dormir, n'importe où, il n'a besoin de rien, il ne vous demandera rien, on a parlé tous les deux. Il vous faut un homme armé au palais.

Avec le sourire qui, depuis tout à l'heure, tenait sur son visage, Léonore a secoué la tête de manière à refuser sans le blesser. Elle l'a remercié en ajoutant : « Dites-moi comment vont les enfants ? » Angèle avait beaucoup à dire à leur sujet. De main en main, son téléphone portable a circulé avec les mines réjouies de ses petits-enfants. « Quelle merveille ! » s'est écriée Léonore d'une voix qu'elle avait elle-même oubliée. Le palais retrouvait la vie. Même l'horloge arrêtée, appliquée au mur entre les deux fenêtres, semblait donner la bonne heure. Entre-temps, Venise était allée chercher Démi qui dévisageait à son tour les enfants, leur père, leur grand-mère avec un sentiment indémêlable de tristesse et d'émerveillement. Talal ne lui a posé aucune question au sujet de Sari, il a juste pris des nouvelles de ses filles. « Elles viennent de savoir », a-t-elle répondu, en larmes.

Angèle s'est levée pour la prendre dans ses bras, en dépit de la situation sanitaire. Quand elle est revenue s'asseoir, elle a tendu le paquet resté sur son siège à Léonore. « C'est pour vous. C'est moi qui l'ai cousue. » Sous deux épaisseurs de papier rose, se trouvait une Sainte Vierge bleu turquoise couverte de paillettes, tenant un bébé en plastique couvert de dentelle dans les bras. « Oh, la merveille ! » s'est exclamée Léonore en la mettant debout.

Venise était ravie et un peu gênée d'assister à la scène. Elle voyait l'émotion de Léonore et elle voyait son mensonge. « Vous voulez que ma mère enlève quelques paillettes ? » a gentiment demandé Talal. « Non, non, surtout pas, elle est magnifique comme elle est. » Démi s'est approchée pour voir. « Pour nous, les musulmans, c'est la meilleure des mamans », a-t-elle dit en cherchant l'approbation de Talal. Il hochait la tête, disait oui oui des yeux, lui souriait, regardait autour de lui. Derrière la vitre, un jasmin en fleur reprenait le motif d'une frise à la frontière des murs et du plafond. Léonore le voyait admirer.

– Viens maman, a-t-il dit, on va laisser Sitt Léonore se reposer.

Angèle était déçue qu'il soit déjà l'heure mais si fière d'avoir un fils à qui obéir.

– *Yalla habibé*, a-t-elle répondu, en se tournant vers Léonore. Que voulez-vous que je vous dise pour vous dire ? Vous avez sauvé ma vie de ma vie.

Démi pensait à Sari. Elle pensait : il aurait commencé par bouder mais, pour finir, il aurait tellement aimé.

« Ma mère, vous avez vu ? a dit Riad en ouvrant brusquement la porte du petit salon où se trouvait Venise. Elle est complètement à côté de la plaque. Mais alors complètement. Je vis au palais depuis la mort de Sari et rien n'a changé. C'est ici, c'est chez nous que les islamistes ont déclaré la guerre, et elle, qu'est-ce qu'elle fait ? Elle continue comme avant. Elle prend son temps. Elle reçoit un garagiste et une prostituée. Je rêve ! Moi, ma décision est prise, je me suis inscrit, je commence demain dans un camp d'entraînement. Après, je commanderai. On ne dira pas que les Mawal sont des lâches. Pourquoi boudez-vous ? Vous n'allez pas vous y mettre vous aussi. Vous croyez que c'est votre pays qui volera à notre secours ? Pauvre France ! Elle en est encore à s'applaudir d'en avoir fini avec les nazis. Mais ils sont là les nazis ! Ils sont là, derrière cette porte, derrière ce beau jardin où vous allez deviser avec mon père de la beauté des roses. C'est pas vrai ? Parlez, nom de Dieu. Je vous ai blessée. Dites-le. Défendez-vous ! Ah… vous hurlez ! Je ne vous ai jamais vue dans cet état ! Calmez-vous, Venise. Calmez-vous. Ne partez pas comme ça, voyons. Venise, écoutez-moi ! Elle est partie. Je n'aurais pas dû. Et puis, merde. Font tous chier dans cette maison. »

Au palais, rien n'a changé mais il y a des murs dans l'air. Cette nuit, Venise a rêvé que le piano avait perdu ses touches, qu'on l'avait édenté. C'était un cadavre. Elle a hésité, ce matin, à soulever le couvercle, à vérifier que les touches étaient bien là. Elle a joué un impromptu de Schubert. La pédale du silencieux marchait mal. Le bruit de la musique a fait courir Démi. Elle pleurait, sans un bruit, en murmurant : « Sari aimait cette chanson, il aimait quand vous faisiez du piano. » Ses petites mains plaquées sur ses joues torturaient son visage, lui ouvraient la bouche, lui faisaient des yeux de folle. Venise a pris peur. « Une autre fois, Démi », a-t-elle dit quand celle-ci lui a demandé de la rejouer. Léonore n'est plus la même. Elle a transformé sa douleur en autre chose. Mais quoi ? Personne ne sait. De la colère ? De la honte ? De la haine ? De l'indifférence ?

Elle s'est retirée dans sa chambre avec un bol de fruits secs, laissant Venise et Salim en tête à tête pour le dîner. Ils ont parlé des vignes, du temps où il allait en Syrie à cheval, de ses parents à elle. Puis il a dit :

– Que veux-tu faire de ta vie, Venise ?

Prise de court, elle a répondu sans réfléchir :

– Je ne sais pas. Vivre et raconter peut-être.

Il a eu celui de ses rires qu'elle préfère, celui qu'on entend à peine et qui se transforme en un long sourire.

– Tu le feras, lui a-t-il répondu, tu seras écrivaine. D'ailleurs, ne l'es-tu pas déjà ?

Démi est entrée dans la pièce à ce moment-là.

– Savez-vous à quoi je sais que vous le serez ? a-t-il poursuivi. À la manière dont vous notez les petites différences. L'autre jour, après ma conversation avec mon fils, vous m'avez dit : « Riad était moins fâché de ce que vous lui disiez que blessé de ce que vous ne lui disiez pas. » Vous aviez raison. J'ai presque toujours fait le tri avec mon fils. Je n'ai pas compris qu'un rôle de père n'exclut pas l'amitié. Je n'ai pas su lui faire confiance en ce sens que je ne me suis pas confié à lui. Au lieu de dire « je ne sais pas » lorsque je ne savais pas, je me réfugiais dans le silence. Riad a souffert de mon silence.

Venise a répondu, taquine :

– Quand on est cynique, comme vous l'êtes, il faut aimer doublement pour se faire pardonner.

– C'est ce que je fais avec toi ! a-t-il répliqué en pointant son couteau, puis il lui a demandé, mi-amusé mi-sérieux : Crois-tu vraiment que je sois cynique ?

– Oui, a-t-elle dit sans quitter son regard. Cynique et capable de n'en être ni fier ni honteux.

– Ah bon ?

– Oui, parce que tu as aimé. Il suffit d'avoir aimé pour…

Elle ne trouvait plus ses mots. Il insistait :

– Pour quoi ?

– Pour saboter le cynisme.

Il a applaudi.

– Tu es bonne pour aimer et pour écrire, Venise !

XX

Ce matin, Venise est allée retrouver Léonore, son ordinateur sous le bras, sur la terrasse de sa chambre. Elle s'est redressée et raidie en l'entendant venir. Elle semblait chercher ou ranger un papier, quelque chose sur la table près de son siège. Elle a soupiré avant de dire : « C'est vous, Venise ? Entrez, entrez. J'aimerais terminer ma lettre à Semine. Où en étions-nous ? » Venise a ouvert le fichier « Lettre à Semine » et lu deux phrases du dernier paragraphe : « Il est venu à Beyrouth sans me prévenir. » Puis, « nos retrouvailles ont viré au cauchemar ».

Léonore a eu un geste d'impatience. « Je vous avais dit de supprimer ce passage. Qui sait ce qu'aurait pensé Yaman aujourd'hui ? a-t-elle repris. Quand les islamistes sont arrivés au pouvoir, il m'avait dit au téléphone : "Ce n'est pas la panacée, mais nous avons gagné une manche, nous en avons fini avec les militaires ! L'ennemi, en Turquie, c'est le nationalisme. Si l'Europe ouvre ses portes, il y a de fortes chances pour que ce nouveau pouvoir fasse les choses autrement." Je lui avais dit : "Mais, Yaman, la religion au pouvoir, ce ne peut pas être une solution. C'est un problème. Tu ne peux pas être favorable à un projet religieux." Il avait approuvé : "Oui, mais l'islam est une culture, c'est une partie de l'identité, y compris pour les non-croyants. Pour que cette culture donne le meilleur d'elle-même, il faut la respecter, la laisser vivre. " Je vois que vous tapez, Venise, vous avez raison, nous allons inclure ce dialogue dans ma lettre à Semine. Je continue : Je savais la haine, la rage que vouaient les peuples à l'Amérique alliée d'Israël d'un côté, aux régimes arabes de l'autre. Je savais qu'un jour, ces masses silencieuses, écrasées, livrées au vide, se fabriqueraient un Dieu sur mesure pour riposter. Il y a tant de strates, tant de couches superposées, dans cette région, tant de mémoires dans chaque mémoire, de vies dans chaque vie, comment une histoire si vieille et si piétinée pouvait-elle continuer à prendre des coups sans se briser ? Le présent est arrivé comme un bolide sur le passé. Le temps a tremblé. Les dictateurs et les puissances étrangères en ont profité. Maintenant, c'est l'heure des coups de hache. J'imagine, chère Semine, votre inquiétude. Quoi de mieux que la religion, quoi de plus manipulable, quoi de plus efficace pour justifier la mégalomanie d'un homme, lever des troupes, les abrutir ?

Chère Semine, vous m'avez offert le luxe de la mémoire partagée. Yaman a eu de la chance de vous avoir dans sa vie. On a tort de penser, quand on aime, que l'autre vous appartient. J'entends la voix de Yaman en vous écrivant. Il me disait : "Il existe un mot en turc qui n'existe pas en anglais, ni dans d'autres langues si je ne me trompe, pour désigner la douleur cardiaque : *sızı*. Le terme s'utilise pour toute douleur intérieure, très profonde, sans éclats, ni remous." L'ai-je bien compris ? Peut-être est-ce cette douleur-là que vous avez ressentie, en marchant derrière son cercueil ? Est-ce le mot qui convient pour celle que je ressens à l'instant de vous quitter et de reprendre le chemin du silence ? Peut-être pas, puisqu'il s'y mêle le plaisir de vous avoir rencontrée. Un dernier mot : la lassitude, la colère, la jalousie, la haine, toutes ces choses qui vont avec l'amour… qui nous abîment pour nous faire oublier la mort. À présent, nous n'en avons plus besoin, n'est-ce pas ? Chère Semine, j'aime par-dessus tout ces moments où la vie tombe en averse et remue tous les temps. Je vous dois l'un d'eux. Soyez bien. Je vous embrasse. »

Une fois la lettre terminée, Venise, très troublée, lui a dit : « Vous ne lui parlez pas de ce qui s'est passé ? » Elle s'est assombrie et lui a demandé en hochant la tête de lui lire la fin d'une nouvelle de Tchekhov. Toujours lui. Puis elle s'est ravisée :

– Cette nouvelle est trop triste. Pourriez-vous me relire, s'il vous plaît, le passage qui m'avait transportée la semaine dernière ? Avec les merveilleux soirs de printemps…

Venise s'est exclamée :

– Mais il est bien plus triste que celui-ci !

– Triste ? Relisez-le, vous allez voir. C'est si simple et c'est ce que je disais à Semine, c'est toute la vie d'un coup.

Elle a fermé les yeux. Venise a lu :

– Il me semble que quand je mourrai et qu'on clouera mon cercueil, je verrai toujours en rêve ces aubes où, vous savez, le soleil vous éblouit déjà, ou bien les merveilleux soirs de printemps où, dans le jardin et au-delà, chantent les rossignols et les râles des genettes, où les sons d'un accordéon montent du village, ceux d'un piano de la maison, où la rivière gronde, bref où l'on entend un tel concert qu'on a envie à la fois de pleurer et de chanter à tue-tête.

– Alors, a-t-elle dit, le trouvez-vous triste ?

Venise n'a pas su quoi répondre. Elle pensait à sa phrase : « On a tort de penser quand on aime que l'autre vous appartient. » Elle l'avait dit d'une voix très douce en la regardant longuement.

Ce soir-là, Salim allait mal. Il ne pouvait plus se lever. Il appela Léonore. Elle l'entendait mal : un orage venait d'éclater dans un terrible vacarme. Le ciel explosait. On aurait dit la terre. « Tu es à l'hôtel ? » « Oui, je ne peux pas bouger. » « Tu as une mauvaise voix, Salim. » Un long silence a suivi, de part et d'autre, tandis qu'une branche et encore une autre se cassaient à grand fracas dans le jardin. « Je vais venir te voir », dit-elle d'une voix décidée contre laquelle les objections de Salim ne pouvaient rien. « Non, non ce n'est pas la peine, il fait trop mauvais », disait-il. « J'arrive », avait-elle dit en raccrochant.

La porte de la chambre 315 était entrouverte. Salim avait demandé au concierge d'envoyer quelqu'un. Elle entra sans faire de bruit. Préparée à éviter les préambules inutiles, elle déposa calmement et vite des fruits dans une coupe et au frigidaire un plat de feuilles de vigne farcies. Puis, à portée de main, sur sa table de chevet, des écorces d'orange au chocolat. Il ne disait rien. Il souffrait comme elle ne l'avait jamais vu souffrir. Il souffrait de bouger, de ne pas bouger. Son visage retenait les cris qu'il ne se serait permis pour rien au monde. Elle osa à peine poser sa main chaude sur la sienne qui était glacée. Par chance elle portait une large cape ce jour-là. Elle la déplia et l'étendit par-dessus les couvertures en même temps que ses bras de manière à l'envelopper en le touchant à peine. Sa voix était si douce qu'il l'interrogea des yeux pour la réentendre. Elle posa un baiser sur son front. Il plissa les paupières. Craignant de rompre l'équilibre qu'il trouvait péniblement en se mouvant sur le côté, les jambes repliées, elle n'osa s'asseoir sur le lit. Elle approcha une chaise et attendit sans bouger qu'il parvienne à trouver la moins mauvaise des postures. « Tu es gentille d'être venue », dit-il au bout d'un moment. Des éclairs répétés déchiraient la nuit noire. Les coups de tonnerre de la foudre suivaient. Léonore comptait les secondes. Salim regardait tantôt le ciel, tantôt Léonore. Leurs mains reposaient l'une dans l'autre. Il caressait son pouce du pouce, entrait lentement dans sa paume. Elle posait l'autre main par-dessus. Ne disposant pas de sa deuxième main, employée à maintenir sa cuisse en place, il signifia par un faible sourire qu'il aurait bien voulu… Ce premier sourire sur son visage épuisé était celui que les peintres auraient posé sur le visage du Christ s'ils avaient osé. Elle se pencha pour déposer un baiser sur sa main prisonnière. Comme une flamme mal éteinte, son sourire revint. D'abord tout tremblant, puis de plus en plus calme, ce sourire à peine dessiné lui monta aux yeux. « Je t'aime », lui dit-elle en le dévisageant de manière à ne rien rater de sa douleur et de son apaisement. « Je t'aime aussi », chuchota-t-il, laissant filtrer une fine note d'ironie destinée à contenir sa tendresse. Dehors, le tonnerre et la pluie fouettaient l'air dans tous les sens. « Ce déchaînement, il n'y a qu'au Liban… », dit-il. Elle sourit à son tour, mais d'un sourire si large et si confiant qu'il changea lui-même de regard pour le voir. Il était émerveillé. Peut-être ont-ils pensé en même temps « c'est si simple l'amour ». Trop heureux de connaître cet instant, ils restèrent silencieux. Quand elle se retira sur la pointe des pieds, il dormait.

XXI

Il se passa à peine une heure entre son retour à la maison et le moment où elle en ressortit par la porte arrière. La pluie s'était calmée. Démi ne dormait pas. L'ayant entendue monter dans sa chambre, elle l'avait suivie de loin, puis, l'œil collé à la serrure, l'avait vue changer de vêtements. Pourquoi est-elle habillée en religieuse ? se demanda-t-elle. C'est la première fois que je vois Sitt Léonore habillée en religieuse. On dirait quelqu'un d'autre. Elle m'inquiète. Je ne vais pas lui dire que je l'ai vue. Je vais attendre en bas. Venise est sortie. Je soupçonne qu'il y a quelque chose entre elle et Monsieur. Quand j'entre dans la pièce, ils se parlent autrement. Ça ne me regarde pas, mais tout de même… c'est le mari de sa patronne. Ah ! Voilà Léonore… Elle sort… Elle sort sans faire de bruit… Elle a refermé la porte… Comme une voleuse… Je vais la suivre de l'autre côté… Elle ne me verra pas… Il n'y aura plus personne au palais… c'est dangereux mais tant pis… Je vais la suivre… Qu'est-ce qu'elle fait ? Il n'est pas à sa taille son costume, cette robe longue ne lui va pas… Elle n'est pas normale avec son voile sur la tête… ça me fait peur de la voir comme ça… mais où est-ce qu'elle va ? Pourquoi elle va là où Sari m'a dit de ne pas aller ? Il ne faut pas aller là-bas, il ne faut pas… »

Bien que petite et menue, Démi avait une force virile dans les bras, dans les jambes. Elle courait sans s'essouffler. Et Sari courait avec elle, elle lui parlait comme s'il était là, elle lui disait tout ce qu'elle vivait sans ouvrir la bouche : « Sari, Sari, elle va à l'immeuble Horhor !… Sari, elle va chez Messmar ! Qu'est-ce que je fais ? Par où je vais ? Par-derrière… par la cour… La loge a une fenêtre sur la cour… Il faut que je me baisse… Heureusement que je suis petite… Il ne l'a pas reconnue, il lui dit : "Bonjour ma sœur." Qu'est-ce qu'elle dit ? Je n'entends pas. Elle entre dans sa loge. Pourquoi elle entre dans sa loge ? C'est peut-être lui qui t'a tué Sari. C'est peut-être lui. Il faut que je retienne ce qu'ils se disent. Elle se présente : "Je suis sœur Gabriella, franciscaine de Marie." Il lui dit : "Qu'est-ce que je peux faire pour vous, ma sœur ?" Elle lui dit : "Y a-t-il quelque chose à louer dans l'immeuble ou dans la rue ? J'ai besoin de loger un prêtre italien de passage." Il dit : "Un homme de religion est un homme de religion. Chrétien ou musulman, je ne fais pas de différence. Je chercherai, je vous dirai." Elle lui dit : "Celui qui trouvera à le loger sera récompensé, bien sûr." Pourquoi elle lui dit ça ? C'est pas bien ce qu'elle fait. C'est très mal. Il lui fait un sourire. Un sourire dégoûtant. Elle est blanche,

Léonore. Toute blanche. Elle le regarde. Il lui propose un café. Elle ne veut pas de café. Qu'est-ce qu'elle fait ? Pourquoi elle continue à le regarder. Ah non ah non, je ne peux pas croire, elle dit, elle dit : "Vous connaissez Sari Lanao ?"

Elle lui parle de toi. Il est électrocuté. Il a failli tomber en se levant d'un coup. Il cherche quelque chose. Oh mon Dieu, je ne peux pas croire. Elle sort un revolver de sa poche. Elle le pointe vers lui, elle l'oblige à se rasseoir. "Je ne suis pas une religieuse. Considérez que je suis un homme. Le revolver est chargé." Il tremble. Le Messmar tremble. Il ricane : "Vous avez une voix de femme." J'ai peur, Sari, j'ai peur. Elle lui répond : "Ça ne m'empêche pas." Elle a l'air d'un géant. Je ne sais pas pourquoi mais elle a l'air d'un géant. Lui : "Qu'est-ce que vous voulez ?" Elle : "Pourquoi l'avez-vous tué ?" Lui : "Je ne l'ai pas tué." Elle : "Vous l'avez décapité." Lui : "Vous insultez la religion." Elle : "Ne bouge pas ou je tire." Lui : "Je ne suis pas avec Daech. Je ne veux pas mourir." Elle : "Ils sont venus te voir et ils t'ont dit qu'ils voulaient sa tête." Lui : "Si vous voulez, je les quitte et je travaille pour vous." Elle : "Tu es prêt à m'apporter une tête ?" Lui : "Avec l'aide de Dieu, avec l'aide de Dieu, on va s'entendre." Oh mon Dieu, elle a tiré ! Elle a tiré ! Elle a dit : "Je te tue sans l'aide de Dieu, Messmar." Elle a tué ton tueur, Sari. Il est mort. Il est mort. Elle sort en courant. Elle ne court pas. Elle fait de grands pas. Je cours derrière elle. Elle remonte la rue. J'ai du mal à la suivre. Elle t'a vengé, Sari. Elle t'a vengé. On est presque arrivées. Je n'en peux plus. Peut-être que quelqu'un nous suit ? Elle est déjà à la porte du palais. Elle entre. Il ne faut pas qu'elle sache que je sais qu'elle a tué. Elle aura peur. Il faut garder le secret. C'est un secret. Un grand secret. Où est-ce qu'elle est ? Je ne la vois plus. Oh mon Dieu, mon Dieu, mon Dieu. *Bessm ellah el rahman el rahim.* Elle a tiré une seconde fois. »

Léonore a été enterrée ce matin. Au cimetière maronite de Ras al-Nabah. Riad avait tout organisé. Il était grave et concentré. Il veillait à chaque détail. Il était le chef. Le patriarche lui avait donné l'autorisation pour la messe. La cathédrale Saint-Georges était bondée. Un prêtre s'est plaint : « Cette messe est révoltante. Le suicide et le crime ne sont pas tolérés par l'Église. » Angèle lui a répondu : « Laisse tomber, coco. Il n'y a pas de crime. Rien du tout. Elle est partie comme un ange. La messe n'est pas pour elle, elle est pour nous. Nous avons besoin d'un endroit pour pleurer. »

Salim a fait couper toutes les roses blanches du jardin. Démi a demandé si elle pouvait mettre la montre de Sari au poignet de Léonore. « Oui », a-t-il répondu en perdant l'équilibre. Quelques politiciens moins véreux que d'autres étaient présents. La plupart de ces gens étaient gênés. Plus mal à l'aise que tristes. Certains lui en voulaient de ne s'être pas tuée toute seule. D'autres le contraire. Un député grec catholique a chuchoté : « Quel besoin avait-elle de se tuer après avoir liquidé

Messmar ? » Un ami de Salim lui a répondu : « On voit bien que tu ne la connaissais pas ! Léonora n'a jamais pris un risque sans en reprendre un autre. » Talal était debout, dans un coin, avec sa fille dans les bras. Sa mère est venue le chercher : « Viens t'asseoir devant, mon fils. On est de la famille. » C'est le seul moment où le visage de Salim s'est détendu. Il a posé la main sur l'épaule de Talal et lui a dit quelque chose à l'oreille qui l'a fait rougir. De la fierté est entrée dans son chagrin. Personne ne savait que Léonore cachait un revolver dans son coffre-fort. Démi répète depuis trois jours : « Si vous aviez vu, si vous aviez vu, comme elle était belle quand elle a tiré. Je vais pouvoir dire aux filles que leur père repose en paix. » Venise ne sait quoi penser du geste de Léonore. Pour elle ce n'est pas un crime. Est-ce un acte de résistance ? Les médias libanais ne savent pas non plus comment traiter cette histoire. La photo de la tête de Sari circule à nouveau en tweet et sur les réseaux sociaux. Salim s'en veut de n'avoir pas su empêcher ces clichés. Il a découpé l'article poignant d'un auteur inconnu titré « Une femme à elle seule ». Il se termine ainsi : « Vive le soulèvement des mécréantes. » Il craint pour la vie de ce jeune homme. Il n'ose pas imaginer, s'il lui arrivait quelque chose…

Beyrouth a été sous le choc durant quarante-huit heures. Depuis, la routine de l'horreur a repris son cours. Au Liban, la mémoire ne sert pas tant à conserver le souvenir qu'à réduire son pouvoir de nuisance. Il y a peu, un tueur des années soixante-dix a confié à une journaliste ne plus très bien savoir s'il avait sauvé ou achevé la vieille femme qui, un jour de combat, avait couru vers lui en réclamant de l'aide. Il dit : « Est-ce que je l'ai abattue ou est-ce que je l'ai emmenée à l'hôpital ? Croyez-moi si vous voulez, je ne m'en souviens plus. Je me souviens de sa bouche ouverte, de ses maigres jambes toutes nues et de ses cheveux blancs en désordre. De rien d'autre. »

Venise ressent pour la première fois de la tendresse envers Riad. Elle a envie de lui parler comme s'il le savait, comme s'il n'y avait pas lieu de s'expliquer, comme si leur violent dialogue les avait rapprochés.

– Un jour, dans cette même pièce, lui dit-elle, tout à côté du fauteuil où vous êtes assis, votre mère s'est agenouillée pour ramasser une rose tombée d'un vase. Au lieu de se relever, elle s'est accoudée à la table basse et, les doigts croisés, elle est restée ainsi une longue minute durant laquelle la fleur fanée qu'elle tenait à la main est retombée sans qu'elle y prête la moindre attention. « Léonore, lui ai-je dit, vous sentez-vous mal ? » Je n'oublierai jamais son visage ébloui à l'instant où elle m'a répondu : « Comment ? » Elle priait. C'était une autre femme et comment vous dire ? On aurait dit que son geste, sa posture à genoux, avaient pris possession de son corps. L'habitude était revenue avec une force écrasante. Elle était en présence de Dieu comme l'est un musicien jouant Bach. Elle est restée prier en ma présence. Priait-elle ? Comment pourrais-je vous le jurer ? Je vous dis ce que j'ai vu. Il m'a semblé qu'elle n'était pas seule face au vide. Elle n'était presque plus quelqu'un. Elle était personne. J'ai eu envie de prier moi aussi. Je n'y suis pas parvenue. Je faisais trop d'efforts pour écarter l'idée d'un homme derrière l'idée de Dieu. Je meublais le vide. Elle, j'ai eu l'impression qu'elle l'acceptait. C'est du moins l'histoire que je me suis inventée. Puis elle s'est retournée et s'est mise à sourire lentement. Très lentement. J'ai assisté à son retour comme on assiste au changement de la lumière à l'heure où tout va très vite. « Tout est bien. J'ai eu une absence », m'a-t-elle dit en retrouvant son rire. Mais ni sa voix ni son rire n'étaient reconnaissables. Ils étaient délivrés. Délivrés de quoi ? D'elle peut-être. Ce mot décidément – la délivrance –, c'est fou ce qu'il me revient à propos de votre mère. Elle m'a dit un jour : « J'ai horreur du verbe croire. Mais j'aime faire de la place à ce que j'ignore. »

Riad a embrassé Venise pour la première fois et s'est retiré en lui disant merci. Il avait besoin d'être seul. Seul avec sa mère.

C'est fou ce qu'elle m'a pompé l'air. Jusqu'à la dernière seconde. C'est quoi cette mort ? Elle savait que c'était Messmar, pourquoi elle ne me l'a pas dit, nom de Dieu ? Pourquoi elle ne me l'a pas dit ? C'était à moi de lui régler son compte à ce chien. J'aurais envoyé une petite équipe, au milieu de la nuit, ni vu ni connu. On aurait réglé ça comme il faut. Mais non, il fallait qu'elle soit le centre, une fois de plus, toujours le centre ! Il fallait qu'elle tienne tous les rôles. Quatre personnages d'un coup. Elle y va en religieuse, elle la joue à la libanaise avec son petit accent italien, elle lui dit : « Je suis un homme », et elle le tue. Même son cinéaste turc n'en aurait pas voulu d'un scénario pareil. Elle me fait chier, ma mère, elle me bouffe la tête. C'est dingue cette tragédie permanente ! Pourquoi tu t'es mis une balle dans la tête, maman, pourquoi ? Il m'a énervé le patriarche, « ne la jugez pas, elle était malade, priez pour le repos de son âme ». Qu'est-ce qu'il en sait que tu étais malade. Et ta lettre, maman, ta lettre, je n'ai pas le courage. Je n'arrive pas à la relire. L'usure de la déception, c'est quoi « l'usure de la déception » ? J'en ai marre de toute cette poésie à la con ! Merde, ça me fait mal. Et papa qui ne dit pas un mot plus haut que l'autre. « Tu es gentil mon fils. » Non, je ne suis pas gentil ! Non, je te dis. Non ! Tu m'entends ? Y en a ras-le-bol de ton calme. Tu souffres et tu ne dis rien, tu ne te plains de rien. Les gens disent de toi, il est digne, il a de la classe, quel grand monsieur. Et moi, dans tout ça ? C'est moi le mélange de Liban et d'Italie, c'est moi le pont. Je parle quatre langues et je me la boucle depuis vingt ans. Encore heureux qu'elle ait brûlé les lettres de son Yaman ! Et maintenant ? Qu'est-ce que tu vas faire maintenant ? Tu vas te laisser mourir dans cet hôtel en regardant la mer ? Tu veux que je te dise, tu es un lâche, papa, et moi qui affronte la réalité, ta faillite, la folie de maman, je passe pour un minus. Ils me font mal tous les deux, ils sont beaux, ils ne sont pas comme les autres, mais qu'ils aillent se faire foutre, et moi dans tout ça ? Est-ce qu'ils ont pensé à moi ? Ça va, je vais me calmer, je vais prendre les choses en main, je vais retaper le palais, avec le temps, papa se laissera convaincre, je l'installerai dans l'aile du bas, il aura son platane à la fenêtre, je ferai grimper un rosier à la place du cactus, il n'aime pas les cactus, je me demande si Venise et lui, j'en sais rien, il a trente-cinq ou quarante ans de plus, faut pas pousser, n'empêche qu'ils partagent un secret ces deux, rien que la manière dont papa lui a posé la main sur l'épaule l'autre jour, la Venise, c'est moi qui aurais pu l'aimer, je ne sais pas si j'aurais pu, elle est pas top physiquement, mignonne oui, mais pas top, disons qu'hier je l'aurais bien prise dans mes bras, quand je l'ai trouvée en sanglots dans le jardin. Encore une que Léonore a mise dans sa poche. Peut-être que je devrais épouser Rania. Elle, elle est vraiment jolie, elle est même ravissante, et elle m'aime. Elle me ferait des enfants. Des Mawal fiers de l'être. Je la vois bien recevoir ici. Mais est-ce que je ne vais pas m'ennuyer avec elle ? Pauvre maman, elle a quand même eu du courage. J'aurais dû insister pour qu'on l'enterre habillée comme elle était, en religieuse. Je n'aurais pas dû accepter la décision de papa. Il ne décide jamais rien, et puis, d'un coup, il est le roi. « Hors de question ! J'ai donné l'ordre qu'on lui mette sa robe de Bédouine. » Pourvu qu'il tienne le coup, il respirait avec difficulté ce matin. Ils vont voir les salopards qui disaient du mal des Mawal, ils vont voir ce qu'ils vont voir. Je vais lever l'hypothèque, j'y arriverai, ils vont voir ce que c'est qu'un palais, un vrai, je vais faire du fric, je ne vais pas m'arrêter de faire du fric, ils vont voir qui est Riad Mawal. Pourvu que j'y arrive avant que… Ne joue pas à te faire peur, Riad. Tu es le chef maintenant. On aura leur peau à ces ordures, on aura leur peau.

Salim a proposé à son fils de venir le voir à l'hôtel. Il avait attendu le départ de Venise pour lui parler du palais. Le ciel était d'un bleu si vif et si clair que pas un nuage n'y tenait plus de quelques secondes. La mer remuait sans faire de vagues. Ils se sont installés sur la terrasse.

– Si j'ai bien compris, tu me déshérites ! a dit son fils, glacial.

Salim a croisé les mains dans sa nuque, renversé la tête en arrière et, le regard arrêté, a murmuré :

– Non Riad, je fais une fondation que tu pourras toujours défaire le jour où…

– Le jour où il sera trop tard pour vivre ! a tranché Riad.

– Garde un pied dans la maison, garde une chambre, les choses n'ont pas besoin d'être figées.

– Pas besoin d'être figées ! C'est la meilleure ! Qu'as-tu fait d'autre que figer ? Que n'as-tu immobilisé dans ta vie ?

Les deux hommes se sont tus un long moment.

– Riad, ma décision est prise, a fini par dire Salim. Je veux faire quelque chose pour les jeunes qui n'ont rien.

– C'est pour toi, papa, c'est pour ton image que tu inventes ce projet fumeux.

– En quoi est-il fumeux ? Explique-moi.

Riad s'est mis à tourner nerveusement sur la terrasse.

– Tu imites Léonore. Tu me rends agressif. Tu coupes les liens après avoir cru les défendre. Vous me rendez fou ta femme et toi.

– Calme-toi, mon fils, calme-toi. On peut parler.

– Non ! On ne peut pas parler ! C'est ça l'histoire, on ne peut pas !

– Ce que je veux pour ce pays, c'est ce que je veux pour nous, Riad : je veux un endroit pour que la parole circule. Je veux une miniature de paix. Je veux que les mémoires soient traitées comme des blessées, je ne veux rien qu'un petit jardin pour parler et je veux que cette défaite soit ralentie par ta génération, il te suffirait de décider d'être dans ce projet pour en être l'âme.

– Tu ne comprends donc pas que je ne veux pas de cette défaite ! Je ne veux pas la ralentir, je veux l'empêcher !

– Eh bien, a répliqué Salim en haussant le ton, empêche-la ! Mais ne m'empêche pas d'offrir en attendant un peu de luxe à ceux qui n'ont ni ta foi ni mes moyens.

Riad s'est rassis. Salim a poursuivi :

– Le palais à ma mort te reviendra. Je te demande en attendant de comprendre que j'ai besoin d'ouvrir ses portes.

Riad n'a rien dit de plus que cette petite phrase :

– Fais comme tu veux. Je dois partir.

XXII

Léonore a laissé des instructions testamentaires et deux lettres : une à son mari, une à son fils. Et un mot pour Venise. Grâce à une application conçue pour les malvoyants, elle avait appris à communiquer par écrit sans aucune aide. Il lui avait suffi de parler pour que les mots s'affichent sur l'écran.

Chère Venise, merci. Vous m'avez aidée à vivre et donc à mourir. Car mourir c'est encore vivre. Faites-vous confiance maintenant, aimez, soyez libre, prenez le large, ne vous sentez coupable de rien. Le meilleur moyen de réduire l'excès de soi à l'intérieur de soi, c'est de renoncer à avoir raison. Votre amie Léonore.

P.S. : La peinture sur verre du Bosphore et le collier en opale et topaze de ma mère sont pour vous.

Lettre de Léonora à Riad

Mon fils, comment t'écrire cette lettre ? Où trouver les mots, la force ? Pourquoi n'ai-je pas su t'aimer comme je t'aimais ? Pourquoi ? Tu m'en as voulu. Je te comprends. Tu étais le plus adorable des enfants. J'étais transportée quand je t'entendais rire. Je courais après ton rire pour l'attraper. Pour rire avec toi. Tu me devançais. Tu m'attendais. Je te revois me regarder, inquiet, ne sachant ce que tu devais faire. Continuer de jouer, t'arrêter ? C'était le monde à l'envers. Comment ai-je pu ? Tu m'apportais la vie, tu me soignais. Tu m'aidais à vivre. Que s'est-il passé ? Ton père, à ta naissance, a hurlé : « C'est le plus grand bonheur de ma vie. » Avec toi, commençait la famille. Avec tes boucles noires et tes yeux gris-bleu qui ravivaient, à chaque seconde, le souvenir d'Antonio. T'ai-je jamais dit, Riad, à quel point tu ressembles à ton oncle ? T'ai-je jamais dit qu'à sa mort je me suis sauvée du suicide, de mon envie de mourir, en me confiant à Dieu ? Puis je me suis trouvée, lorsque je me suis mise au travail. Je me réveillais avec envie, je faisais en un jour ce que des années plus tard je ne savais plus faire en un mois. Tu m'as dit il n'y a pas longtemps : « Tu étais heureuse, à cette époque-là, parce que tu étais aimée de tous, parce que tu étais le centre. Quand je suis arrivé, tu n'étais plus le centre. » J'ai pleuré devant toi comme une enfant. J'aurais dû te prendre dans mes bras comme une mère. Une mère et son enfant sont-ils jamais trop vieux pour se prendre dans les bras ? Je te prends dans les bras et te demande pardon en t'écrivant cette lettre. Tu as raison, Riad. Je me suis donné trop d'importance, beaucoup trop. Et je n'en ai pas assez donné à ce qui avait de l'importance pour moi. Je ne t'en ai pas assez donné. Je crains malheureusement que la lucidité dont je fais preuve en te l'écrivant ne soit pas un signe de guérison. Qui sait si je n'abuse pas encore de toi à l'instant où, pour te dire comme je t'aime, je te propose de me comprendre ? Que voulais-je faire de ma liberté quand j'ai quitté l'Église ? J'aimais Salim, oui, je l'aimais et je l'aime plus que jamais, en dépit de ce que tu penses. Mais voulais-je vraiment, à peine affranchie, m'attacher à un homme, à une famille, à un pays étranger ? Je crois que non. C'est cela, c'est cet écart entre moi et moi qui t'a blessé, qui t'a fait du tort. Dehors, c'était la guerre. Tu as grandi dans un pays où chaque jour détruisait quelque chose. À Amhieh comme à Beyrouth, ton père avait encore les moyens de nous faire vivre comme des princes. Je m'en sentais coupable. Tu étais l'enfant-roi auquel manquait l'essentiel : l'approbation de sa mère. Le personnel, les bonnes, les domestiques, j'avais ces mots en horreur. Je n'aimais pas la facilité avec laquelle nous obtenions ce dont les autres étaient privés. Je n'étais pas d'accord. Je t'empêchais de jouir pleinement de ce qui t'était donné. Je te coupais les ailes comme mes parents et l'Église avaient coupé les miennes. J'étais l'étrangère, tandis que toi tu devenais, peu à peu, le Libanais, le fils Mawal. Et pendant ce temps-là, j'ai fui, oui, j'ai aimé un autre homme que ton père, et cette part de moi que tu me pardonnes le moins, je ne la regrette pas. Il n'est pas un amour dans ma vie que je puisse ou veuille regretter. Tu m'en veux aussi d'avoir renoncé à Dieu. Je te dirai que je dois à ce renoncement mon peu d'humilité. L'amour, cet amour qui me jetterait à tes pieds si tu entrais à l'instant dans cette pièce, est un mystère qui me suffit, qui me tient lieu de croyance. Nous voulons tant, mon fils, nous attendons tant, nous savons si peu. La vie n'est-elle pour finir qu'un rêve déçu ? Je ne sais pas. Pense aussi à l'usure possible de la déception. Je n'y croyais pas, et pourtant. Ma déception, ma fatigue de n'être que moi, rien que de l'écrire, s'étiole. Nous avons le droit de rêver, de rêver et d'inventer, jusqu'à la dernière seconde. L'imagination est une grande chance. Je lui dois l'image que je me fais de toi lisant cette lettre. Je te vois, fier et sans orgueil, prêt à entendre mon impuissance et mon amour. Prêt à regarder la vie de ta mère comme on regarde, assis au bon endroit, le paysage. Sans l'embellir, sans le séparer. J'ai rarement, très rarement, connu la sagesse que tu étais en droit d'attendre. C'est cette folie qui me pousse à commettre le crime que tu ne dois pas commettre. Tuer, c'est se tuer. Vis, mon fils. Vis et protège la vie autour de toi. L'ennemi et l'ami sont à l'intérieur de soi. L'autre, celui qui menace, de l'extérieur, il faut le combattre, oui. Mais ne jamais oublier qu'une guerre menée sans l'amour de la paix est une ignominie. Je t'ai vu grandir avec émerveillement et impatience. Retiens l'émerveillement. Essaye.

Mamma

P.S. : Un dernier mot : en tuant Messmar avant de me supprimer, je ne participe pas à la guerre. Je suis seule aux côtés d'un homme seul, Sari.

Lettre de Léonore à Salim

Mon Salim, nous avons eu deux vies. Une vie ensemble et une ailleurs. La nôtre fut un lent voyage dont chaque station m'apparaît aujourd'hui avec une précision merveilleuse. La précision de ces ombres noires que nous aimons par-dessus tout, à l'heure où la lumière faiblit. Il n'y avait pas que la lune de semblable à Rome et à Beyrouth, il y avait l'ombre de notre pin préféré sur le mur en pierres du jardin. Il y avait toi. L'Italie m'a manqué, oui, mais tu as été mon pays. Je t'ai aimé de deux amours. Il y a eu le temps du caprice et de la vie, du désir qui vient et qui s'en va, de la guerre, du peu de temps consacré à ce qui pousse lentement. Toi, ce temps des arbres tu le connais depuis toujours. Tu as vu pousser tes vignes, une par une, en surveillant la terre. Moi, j'ai pris leurs images en courant. Les champs à perte de vue me reposaient les yeux. Leurs troncs tout minces, penchés, presque malingres, me faisaient penser à des corps de vieillards portant leur jeunesse sur la tête.

Je m'en vais apaisée. J'ai fait le tour de ma vie, il est temps de la quitter. La mort est une question d'heures. Je la veux à ma montre. Tu sais que je n'ai pas réussi, malgré tous mes efforts, à me soumettre. À ne pas devancer. Qui aurait dit que le revolver destiné à me supprimer servirait aussi à supprimer Messmar ? Je ne comprends ni la folie ni la clarté que j'éprouve à le faire. Ma décision n'a pas de sens précis. Ni moral ni politique. Elle est irrésistible. Plus forte que moi. Le lendemain de son crime, Messmar s'est vanté auprès d'un bijoutier islamiste de Basta d'avoir coupé la tête de Sari : « J'ai joué avec au ballon. Daech a fait de moi son premier héros libanais. Rejoins-nous, tu seras fier de servir Dieu. » Pourquoi ai-je décidé de tuer l'assassin de Sari ? Je réfléchis à ma réponse en t'écrivant. Ce que je peux dire sans nous tromper, toi et moi, c'est que je le fais sans hésitation. À ceux qui te poseront la question, réponds simplement : parce qu'elle ne pouvait pas faire autrement. Ce qui est sûr, c'est qu'il n'y a rien d'héroïque dans le geste que je m'apprête à faire. Je me leurre en te disant que je réfléchis. Je ne réfléchis plus. Ce n'est plus ma tête, c'est mon ventre qui me pousse. Ah Salim ! Le plus important : que la violence de mon acte serve à dissuader Riad. Qu'elle le soulage. Qu'il se sente compris dans sa haine de l'intégrisme, qu'il se sente vengé. Qu'il tourne le dos aux fanatiques de sa religion. Qu'il cesse de penser qu'il a besoin d'appartenir à une masse pour exister. Qu'il sache que la différence c'est la vie, qu'il aille voir Talal, qu'il l'écoute.

Salim, je t'aime à la veille de partir comme on rêve d'aimer. Je pars en sachant combien je t'aime. Je pars en t'aimant. Qu'est-ce que l'amour ? Le saurons-nous jamais ? Je te vois seul, sans moi, sans nous, je te regarde vivre, je te vois à tous les âges, je te vois du temps où je ne te connaissais pas, je te vois excédé par ton père, étouffé par ta mère, amoureux d'elle, je te vois jouer aux billes avec ton frère sur le tapis persan qui est à l'entrée du palais, je te vois construire, je te vois à cheval sur tes terres, je te vois d'une main tenir tes rênes, de l'autre montrer tes arbres, lequel a guéri, lequel est encore malade, je te vois debout, droit comme un cyprès, bien que renversé par la guerre, je te vois sourire tristement en me voyant partir, en voyant le pays se détruire, je te vois heureux en compagnie d'une autre que moi, je te vois croiser les jambes, poser tes mains sur un genou et me dire calmement : « Nous nous aimons quand même, Léonore », puis exulter quand je terminais ta phrase : « Et ce *quand même* recouvre un infini », je revois notre dernière nuit d'amour, ce soir-là, ai-je rien vécu de plus beau ? On embrassait nos vies en s'embrassant, notre silence nous portait comme un nuage, nous étions le ciel qui transporte le nuage qui transporte le ciel, nous ne savions plus lequel des deux absorbait l'autre, nous étions en mouvement au-dessus de la terre, je te vois me reprendre, puis t'endormir sur mon sein comme un enfant, je te vois quand je ne te voyais pas, je te vois écouter de la musique, dans ton bureau, la porte fermée, dans ta voiture, les vitres baissées, je te vois pleurer d'avoir hypothéqué le palais, je te vois seul, très seul, aimé de loin, je te vois élégant, toujours élégant, assis au jardin, sous le platane, un livre ouvert, posé à l'envers sur une de tes cuisses. Je te vois triste après ma mort et je te prie, te supplie de toutes mes forces de me pardonner et de te réjouir de m'avoir si bien, si merveilleusement accompagnée. Nous avons fait ce que nous pouvions toi et moi. Prends soin de notre fils, mon Salim, ne te lasse pas de lui dire que mon crime est une contribution de colibri à l'idée que je me fais de l'humanité. Et si tu y parviens, tente de lui expliquer qu'il y a dans mon acte une forme d'amour, plus exactement : une marque de fidélité envers tous ceux que j'ai aimés.

Ta Nora

XXIII

Lors de la vente de leurs terres à Amhieh, dans la Bekaa, les Mawal avaient gardé en leur possession la petite maison du gardien qui était resté y vivre jusqu'à sa mort récente. Salim s'y est installé il y a une quinzaine de jours. Il est mieux qu'ailleurs dans cette petite bâtisse carrée de pierres ocre, aux fenêtres blanches, avec son vieux figuier à la porte. De sa chambre, il voit le Sannine dont il connaît par cœur les sommets arrondis, tantôt zébrés de nuages et de neige, tantôt de mauve et d'or. L'odeur retrouvée de la plaine le dispense de lui-même. Cette odeur… qu'est-ce que c'est ? Il sait et il ne sait pas. C'est ce fond de vie disparue et à jamais présente que l'on appelle l'enfance. Il y a longtemps qu'il n'avait pas touché des yeux, des pieds, de la main cette terre marron parfois rouge, parfois noire, que refoulaient les sabots de son cheval, et d'où sortaient ses vignes, ses saules, ses peupliers. Ici, il n'a plus besoin de participer au paysage pour le faire exister, le paysage le porte à perte de vue comme une barque géante à travers le flot continu des champs. Il en connaît les secrets intacts et les secrets engloutis, il en fait partie comme sa pensée fait partie de son corps. À l'arrière de la maison, un champ de voitures renversées le sépare d'un champ de blé et plus loin encore d'un camp de réfugiés, dont il se demande comment il tient debout. Des bâches en plastique servent de toit à des milliers d'habitants invisibles. Hier encore, les observant de loin, il s'était dit « comment font-ils pour ne pas mourir ? comment fait-on pour les oublier ? ». Puis il n'a plus pensé à y penser. Il s'est rendu à la vigueur de cette plaine aux grands arbres légers qui vivrait désormais à sa place. Longée par les deux chaînes de montagnes que sont le Mont-Liban et l'Anti-Liban – l'une plutôt droite, l'autre sinueuse – la Bekaa est un endroit où la pensée, comme le paysage, est rompue aux différences, aux ruptures, au désert des falaises, aux douceurs des bords de source. Dans cette tranchée de verts et de bruns ourlés de jaunes, le regard où qu'il se porte traite simultanément avec de l'horizon couché et de l'horizon debout. Les larges bandes de champs cultivés entretiennent encore, par endroits, la grande beauté rayée, carrelée, de la vallée. Ailleurs, elles sont sabotées par le béton, les ordures et l'asphalte. Bordées de paysages bibliques, les routes parsemées de magasins vides, de fours à pain, de portraits de barbus, d'immeubles inachevés reliant hameaux et villes sans âme, sans places ni cafés, entretiennent le sentiment permanent d'être simultanément à deux doigts du paradis et à deux doigts de la fourrière. À mi-chemin de Beyrouth et de Damas, cette plaine échappe aux deux et les contient à elle seule. Peut-être est-ce une des raisons pour lesquelles l'histoire des familles, dans cette partie du Liban, se vit et se raconte avec plus de verve, plus de force, plus d'humour et de férocité que partout ailleurs dans le pays.

Salim vient de se réveiller. Il est en vie et vide. Il sort sur le seuil et attend la fin de la nuit. La lumière est sur le point de surgir. Une vision invisible en prend possession et s'installe. C'est comme hier et c'est nouveau. Le bleu commence dans le noir qui se laisse prendre. Des bribes de nuages prennent forme avant de se remplir. Leur fumée transparente balaye la montagne, ils sont à peine allumés. À présent, ils s'incrustent. Ils mettent doucement le ciel en marche, ils le montent. Remuée par des ombres, la nuit se terre. Tout est lent. Rien ne dure. L'obscurité se colore un peu, respire. Elle imite la vie, elle boit de la lumière. Tout ce qui ne se voit pas se ressent. Les bleus et les noirs inventent une couleur de lanterne. Il manque le soleil et ce manque attire la lumière. C'est le manque qui la fait avancer. La tortue change de place sans qu'on l'ait vue bouger. Chaque seconde est un début menacé par un autre. Le rose pâle est entré. Il tache les nuages, il se répand, il rosit encore. Le temps gagne le temps au rythme du brouillard. La clarté s'affranchit. La montagne quitte la nuit avant la plaine. Elle l'entraîne. C'est l'apparition. Un arbre rose pousse dans le creux d'un mont. Il grandit il grandit. Le rose s'épanouit et se dissout dans un mauve à peine plus foncé. Il traîne dans le ciel un océan de jaunes et de bleu pâle. Le jour est né. Splendide et sans pitié. Il arrache la montagne à ses pastels endormis. C'est la fin. Le ciel travaille. Ses minutes sont comptées. Les couleurs jouent tous les rôles d'un opéra sans visage. Sans musique. Il n'y a personne dans ce monde-là. Le feu est total, déformé. De géantes trouées de bleu le déchirent. L'aube a perdu. Le soleil a tranché. Salim se souvient du rose teinté de mauve. Il le retient. C'est un effort. Le vieux rose c'est elle : Léonora. Il pense au bref instant commun entre un soleil sur le point de se lever et un soleil qui se couche. Le moment où le ciel est saisi par la confusion des couleurs. Le temps de l'adieu. L'adieu c'est l'attention moins l'attente. C'est le visage de Léonora qui se déplace pendant qu'il y songe. Il ne sait pas ce qu'il sait. Il se tait. Tout près de la sienne, la bouche de l'absente est encore là avec son silence. Salim voit voler un oiseau. Il ne le regarde pas. De l'autre côté de la route, une colline d'ordures n'a pas davantage d'existence à ses yeux. Le passé non plus. Il fabrique une heure qui n'appartient à personne. Il respire d'avoir oublié d'être. La région a brûlé, il n'y a plus rien à faire. Elle revivra, comme une forêt : d'elle-même. Qui était Léonore ? Salim est fatigué de la comprendre. Fatigué du Liban. Fatigué de cette intensité sans objet qui n'est ni tout à fait la vie, ni tout à fait la mort. Le soleil est monté sans rencontrer un nuage. Toute cette lumière, quel gâchis, pour une pensée éteinte. L'avenir lui manque comme manque un bouton au col d'une chemise. Il s'en fiche. Et l'avenir de Riad ? Qui sait ? Il aura peut-être un fils qui s'appellera Salim Mawal. Un pays se démolit, un autre prend sa place. C'est à l'amour, mon fils, à lui seul, que l'on doit le pays des belles histoires.

DE LA MÊME AUTEURE

LETTRE POSTHUME, « L'Arpenteur », Gallimard, 1989.

BEYROUTH CENTRE-VILLE, Éditions du Cyprès, 1992

POURQUOI IL FAIT SI SOMBRE ?, « Fiction & Cie », Éditions du Seuil, 1999.

CERF-VOLANT, « L'Arpenteur », Gallimard, 2003.

LA LETTRE ET LA MORT, entretien avec André Green, Denoël, 2004.

LE CRIME DE JEAN GENET, « Réflexion », Éditions du Seuil, 2007.

KAMAL JANN, Albin Michel, 2012.

EDWARD SAID. LE ROMAN DE SA PENSÉE, La Fabrique, 2017.

Collection littéraire dirigée par Martine Saada

PASCAL QUIGNARD, *Les Heures heureuses*
ALAIN VEINSTEIN, *Léna,* sur les pas de *L'Accordeur*

Retrouvez toute l'actualité des éditions Albin Michel
sur notre site albin-michel.fr
et suivez-nous sur les réseaux sociaux !
Instagram : editionsalbinmichel
Facebook : Éditions Albin Michel
X : AlbinMichel
YouTube : Editions Albin Michel

Composition : Nord Compo
Impression : Imprimerie Floch, mars 2024
Éditions Albin Michel
22, rue Huyghens, 75014 Paris
www.albin-michel.fr
ISBN : 978-2-226-49257-9
N° d'édition 25846/02 – N° d'impression : 104670
Dépôt légal : avril 2024
Imprimé en France